記憶邊境

河川・火林・烏雲光

郭瀞婷 文

推薦序

一趟曲折而深邃的修復之旅

文／暢銷作家　吳曉樂

我時常在思考著，給青少年的讀物，究竟要有什麼調整與改樣。這個階段，他們不僅面臨了生理特徵的快速變化，內心也在「認同危機」與「自我統整」之間高速擺盪。若我們要遞上一本書，如同一針疫苗，讓他們能微微發燒，讓抗體在體內隨著歲月而製成，如此一來，日後面臨生命的難題與考驗，他們不再是毫無準備。《記憶邊境：河川．火林．烏雲光》就是一本這樣的書。

主角宋宥安由於車禍陷入昏迷，必須參與一場神奇的「遊戲」，才有可能從昏迷中醒轉、重獲新生。而在遊戲裡，他被帶領到不同階段的轉捩點上，重新思量自己當初的選擇。作者郭瀞婷並沒有迴避人在成長的過程中，必然認識到的疾病、別離和死亡。相反的，宋宥安得在「遊戲」之中，再次複習小狗黑皮的死亡，摯友的癲癇發作，父親的意外身故以及母親事後的歇斯底里。而三位守護者河川、火林跟烏雲光，除了解說規則以外，也會暗示宋宥安必須面對自己個性上的陰暗面。他跟我們一樣，有些惱人的缺點，像是不擅長表達自己的想法，心中明明藏著一大串的OS，但別人希望他發表意見時又陷入沉默。又，遇到挫折時，他習慣逃避，裝作什麼事也沒有發生；其中，最討厭的莫過於他永遠覺得自己最可憐。好險三位守護者比我們更看不下去，不斷的以譬喻和現象循循善誘，讓宋宥安屢屢認識到，自己的個性不僅絆倒了自己，也時常讓身邊摯愛的人有苦難言。若非車禍的災難，他從未意識到，在人際中反覆受傷的絕不僅有自己，他也時常讓人的期待「揮棒落空」。

在有限的篇幅內，作者不只一次強調一個概念：終其一生，我們最渴望的無非是人與人之間的連結。此書以溫柔、堅定的筆觸，深刻描繪青少年在不同的人際關係中，恆常面臨的失落與遺憾，更重要的是，作者在最後獻上了燭光，提醒我們，在種種細小的摩擦與辜負以後，我們仍有修復這段關係的希望與責任。對於人際關係陷入迷惘或深思的青少年，不妨跟隨宋宥安的足跡，在這場曲折又深邃的旅程，重新檢視我們擁有與消逝的每一段情誼。

推薦序

不只是屬於青少年的青少年小說

文／暢銷作家　晨羽

這是我在讀這本書的過程中不斷湧現的想法。

雖然是青少年小說，但身爲成年人的我，讀了也爲之動容。流暢的文筆不說，作者對角色的心境描寫之精準，尤其令我折服。

當三位「守護者」每每犀利指出，隱藏在主角冠冕堂皇的藉口背後，那最眞實的黑暗心聲，我的心彷彿也跟著主角被輕扎了一下，對我來說，這是很難得的閱讀體驗。

爲了讓因車禍而命在旦夕的自己，從奇特的異境重返人間，前程似錦的二十六歲主角宋宥安，在三位名爲「河川」、「火林」、「烏雲光」的守護者的協助下，透過闖關，一次次回到人生中某個重要時刻，藉由再一次的抉擇，企圖挽回失去的親情、友情，以及愛情，扭轉每一個重重打擊他的命運。

在重新選擇的過程中，他慢慢領悟自己眞正該扭轉的事物是什麼；在面對每一個無法挽回的當下，自己眞正該在乎的、該珍惜的又是什麼？

無論是對最摯愛的父母、最好的朋友，還是最心愛的女孩，在主角小安扭轉命運的心境轉變上，作者以一針見血，但卻溫柔的文字，將幽暗複雜的人性，以及世間的愛恨痴嗔描寫得絲絲入扣，數度觸動著我。同時作者也探討現今社會最該關注的：性別平等、校園霸凌、家庭關係、生命教育……等等重要議題，使得這本乍看簡單的冒險奇幻小說，讀來更具層次與深度，値得細細品味、咀嚼再三。

這個故事後勁十足，讓我讀完意猶未盡。其中有太多讓我印象深刻的地方，實在難以一一列出，我最喜歡的，也就是貫穿這個故事的一句話：

無法改變事情，只能改變態度。

比起青少年，我認爲這個故事，對經歷過無數失去跟傷害，在跌跌撞撞中逐漸蛻變成大人的我們，感受會更爲強烈。

因此我覺得，這其實不只是寫給青少年的故事，更是寫給大人的故事。

如果能夠回到某個時候，你想回去哪裡？最想改變什麼？我相信這對已經長大的我們，才是最奢侈的願望吧？

喜歡奇幻跟戀愛故事的你們，千萬不可錯過這個故事。

感謝親子天下，更感謝郭瀞婷老師寫出如此精采的小說。

這絕對是今年我最喜歡的青少年小說，沒有之一。

推薦序

面對生命中的糾結，不再遺憾

文／暢銷作家　陳郁如

如果你可以回到過去，你會想改變什麼？把月考的數學考卷重寫一遍考全校第一名？再度品嘗阿嬤的拿手菜？跟心儀的同學表白？好好享受無憂無慮的高中生活？把英文學好？指考的時候記得換鬧鐘的電池，所以沒有睡過頭？大學選科系的時候選個更有錢途的？趁健康的時候多去幾個國家玩？

或許應該問說，你這一生，有什麼遺憾？而面對過去的遺憾，你會怎麼做？

《記憶邊境：河川・火林・烏雲光》是一本奇幻小說，說的是一個車禍昏迷的演員，在三位守護者的引領下要完成闖關遊戲，選擇正確的話才能回到人間。這樣的故事設定本來就很有意思，刺激的闖關規則，闖關過程的驚險，一向是奇幻小說中常用又永遠不敗的手法，但是如果你以為這本書就僅只於此，那就太小看作者了。這本書想表達的，遠遠大於表面上的絢麗奇幻魔法，內含了許多讓人深思的生命議題在裡面。

首先，撲面而來的，就是主角要回到過去。面對生命的遺憾，他必須重新做對選擇。在作者風趣又深刻的筆觸下，我們看到主角跟死去父親的親密感情，跟活著的母親的糾葛，跟好友的革命情感，跟女友長遠深刻卻又眞實無奈的愛情，他面對自己這一生的期望還有反思。看著主角在這些課題裡翻轉，我的情緒也跟著翻轉，攪和其中的，不只是主角的故事，還有自己這一生的故事。從一開始輕鬆閱讀，到後來不可自拔，沉重落淚。

這本書讓你回首過去，省思現在，放眼以後。當時，你做了什麼樣的決定，讓你變成現在的你？過去的已經過去，不能像小說一樣有機會改變、懺悔、彌補，但是望向未來，有什麼事現在可以做的，而讓以後的你不會有後悔？

這本書沒有黑暗的反派角色，沒有大魔王，沒有射來射去的法力，沒有偉大的世界要去拯救，但是那個心裡面無法克服的糾結，反而是世界上最難面對的敵人。要把自己拉出痛苦的深淵，那才是最難的救贖。這本書適合青少年，也適合經歷過酸甜苦辣人生的每一個人，我們都可能面臨同樣的場景：失親、愛慕、吃醋、霸凌、風光、落寞、背叛、被背叛……書裡的情節可以讓你找到同理，找到安慰，找到思考的方向，是本可以輕鬆閱讀又值得深深品味的好書。

楔子

紫灰色的天空，一望無際。

這裡沒有太陽，沒有月亮，勉強一道暈黃的光線，伸手不見五指。我一抬頭，紫灰色的天空懸掛了幾絲白霧，像一幅我從來都沒興趣欣賞的超時空畫作，有些怪異。

令我恐慌的是這裡過分安靜——沒有鳥叫，沒有風吹，沒有喇叭聲，沒有冷氣聲，沒有輪胎壓馬路的聲音；唯一的聲音，就是自己內心的ＯＳ。我忍不住用手拍拍耳朵，確認鼓膜還有作用，再拿起一顆石頭丟到地上，聽到「喀喀」兩聲竟然療癒到想流淚，證明自己眞的存在。

ＯＫ，深呼吸，好好仔細想一遍……到底發生了什麼事？我爲什麼會來到這裡？

我記得我叫宋宥安，二十六歲，是演員，有個不相往來的媽。我上一部電影剛上映，然後上一個女朋友是她，再上一個女朋友還是她。

再深呼吸一口氣。

我到底是怎麼來到這裡的？發生了什麼事？

這就是令人搥胸的地方，因爲我竟然完全想不起來……好像做夢一樣，永遠不記得如何開始，也不知道一分鐘前發生了什麼事。電影裡那種失憶的痛苦，果然眞的會使人焦慮。我雙手抓頭，大叫幾聲，希望有人過來告訴我一分鐘前發生了什麼事，偏偏這個「空間」裡只有我一個人，還能問誰？

唯一可以確定的是，我肯定發生了什麼鳥事，而且應該很嚴重。被人綁架、生病、精神錯亂……各種可能性我都想了一遍，但完全摸不著頭緒。

只剩下一種可能性，叫做「我不敢想的可能性」。

目前爲止，我還無法鼓起勇氣想這個可能性，所以就撇開不談。

OK，我知道你在想什麼。你就是在想我不敢想的最後一種可能性：

宋宥安，醒醒吧！你已經掛了！

第一部

河川

第一章

我沒有掛。最起碼，還沒有。

第一個讓我知道我還沒掛的人，名叫河川。我根本來不及驚訝，因爲看到有人出現太感動，流得一把眼淚鼻涕，立刻想封他做我人生中最好的朋友。

他看起來大概四十出頭，身高目測一百九，皮膚黝黑，鼻子高挺，濃眉底下有一雙丹鳳眼，全身穿著黑到發亮的長袍，很有當明星的料。不過不知道是不是名字的原因，還是身上那件長袍，他整個人的感覺像活在上一個年代。

「宋宥安。」

我來不及說什麼，詫異中只能點點頭。

「今年二十六歲、休學、單親。」

我慢動作點頭，順便上下打量這個人。

「我知道你有很多疑問。」他的黑袍發出點點紫色亮光，「不過在我解釋這一切以前，請讓我獻上歉意，我們感到很抱歉。對了，我叫河川。」

河川鞠了個躬，但表情並沒有任何尷尬或歉意，說明這句臺詞他已說過好多遍。倒是被我看見他有一絲無奈的眼神飄過，很真誠。

還有，他剛剛說「我們」很抱歉，讓我心中的安全感急促上升……這裡不只他一個人，是複數！是複數！

「好在你還記得你是誰，有些人甚至忘了自己是誰，那種情況比較嚴重，會需要更多時間……那麼，要進行遊戲也就困難許多。」

「忘了自己是誰……進行遊戲……」

啊，一聽到這裡，我知道發生什麼事了！我該不會是被人設計，參加什麼惡作劇節目，會受到二十四小時的監控轉播吧？

話說回來，這花費的成本太大，臺灣的電視節目不會有這種大手筆的製作。

眼前的河川似乎在等我的ＯＳ完畢，才又繼續解釋。

「這麼說吧！」他雙手放在身後：「會來到這裡的人，一定是在現實世界碰到了什麼事故，陷入靜止狀態。」

這位臨時演員的演技不錯，有前途。

然而，接下來他說的話，讓我突然感覺到若這眞是惡作劇節目，那製作人的名字叫做：上帝。

「譬如，」他的臉離我不到二十公分：「車禍、生病、受傷……」

我沒有說什麼。

「簡單來說，就是昏迷。」

昏迷、昏迷……昏迷？

聽完後，有足足五秒鐘我只聽到自己的心跳聲，接著就是一陣安靜——那種不知道該怎麼反應的安靜，不知道該不該相信的安靜。我幾乎快要無法呼吸，但又覺得自己其實早已沒有在呼吸，只剩莫名的恐慌和淚水直奔雙頰，這個夢境怎麼可以眞實到如此不合邏輯，如此不合理……

河川看我無法反應，乾脆直接講下去，讓炸彈一次引爆。

「宋宥安，你十五分鐘前出了車禍，被送到醫院。他們很努力把你救活，可是因爲腦部出血，處於昏迷狀態。」

「所以呢？」我聽見自己的聲音很微弱。

「所以現在你要開始玩遊戲。所有進入昏迷的人，都會來到這裡玩遊戲。越早過關，越快甦醒。」

我聽到「甦醒」這兩個字，身體不禁抽動幾下。

河川再度流露出那個無奈的表情，但這次多了幾分同情。

「我很抱歉……你離世的時間其實還沒到，但是因爲某些原因，提早進入這樣的可能性。我知道你有很多的問題，很多不了解的地方，我勸你先不要管這些，因爲時間緊迫。你越晚進入遊戲就會越晚甦醒過來，也就……越容易腦死。你應該聽過這種事，昏迷太久的人，到最後就是腦死。」河川的手放在我肩上，「總之，你要相信我！在這裡，時間很重要！」

他的手有一股強大的力量，令我對他深信無疑。他眉頭深鎖，讓我想起忠烈祠的某一幅畫像，嚴肅而正經。

或許，我需要好好想一遍自己是怎麼發生車禍的？

我很少開車。一定是我的助理小魚。他開車非常猛，尤其要載我趕通告的時候，紅綠燈都只是參考，只要對面沒車，他基本上就像是在開一輛無人駕駛電動車，隨著反射動作運行。我常常想唸他幾句，但想想開車的是他，要是他一不高興來個快速轉彎讓車子飛出高速公路還得了？所以也就算了……

河川側著臉，銳利的雙眼炯炯有神。我注意到他從不閃躲我的視線，而且等我內心的OS結束才繼續說話。

回到遊戲規則。

規則很簡單。河川說，就像打電動一樣，只需要通過其中一關就可以甦醒；回到以前的日子，回到我的舞臺，回到我的住所，回到熟悉的從前。

「你將會回到生命中某一個時段，然後有機會重新做出選擇。如果做對了選擇，就可以終止這個昏迷狀態，甦醒過來。」

河川的嘴巴沒有上揚，但他從眼裡釋放出來的笑意的確令人感到放心。

我還是沒說什麼。說老實話，我心裡有幾百個問題，有幾千個不爽的字眼，但目前爲止從我嘴巴吐出來的話還是只有那三個字：「所以呢？」

「所以，」他回答：「等你準備好，我會讓你進入模擬關，你可以練習一次，會比較知道怎麼玩這個遊戲。」

從他的語氣，我知道遊戲即將開始，我趕緊收起不爽的天線，把腦裡的糨糊一股腦的倒出來。

「等一下，所以……所以你的意思是，我要做出對的選擇？這是什麼意思？什麼是對的選擇？然後，我怎麼知道對不對？是有人會跟我說哪一個地方做錯了嗎？還是我自己……」

「宋宥安。喔，對了，叫你小安好嗎？好像大家都是這麼叫你的？」

我點點頭。

其實不是每一個人都這麼叫我，而且通常我很介意人家跟我裝熟，但我必須說，此刻我超希望河川這麼叫我。因為他似乎掌握了我的生死，所以我必須跟他裝熟。

他突然走到懸崖邊緣，將兩條腿放到外面，面向紫灰色天空。他看我沒動作，回頭招招手，要我坐在他旁邊。

等我坐在他身邊，才發現這座懸崖的高度根本無法用肉眼衡量，完全看不到地面，而且我開始懷疑到底有沒有所謂的地面。我盯著腳邊的高空，畏懼慢慢鑽進內心……直到耳邊浮現河川叫我的聲音，才把我領回他的視線。

「每一個上來的人，都會問同一個問題，就是你剛剛問的，什麼叫做對的選擇？說老實話，其實你們都知道什麼是對的選擇。」他笑著看我。

河川繼續欣賞眼前紫灰色的天空。從他眼裡，我探測出他認為這是一幅美景，而非我形容的那麼怪異。當然，他八成住在這裡，所以早已習慣。

「那……選擇完以後，遊戲就會停止了嗎？我會知道我做對選擇了嗎？」

「你一定會知道。」河川突然轉頭面向我，帶著一種很深奧的嚴肅表情。

「小安，」河川語氣變慢，「你記得你小學六年級的那一年，發生了什麼事嗎？」

六年級？我開始思考……六年級、六年級……當時爸爸還在世，我們住在那一條又破又舊的巷子裡。家裡在一樓，外面摩托車的聲音好大聲，每一次有人經過，那隻叫做黑皮的狗都會狂叫，然後……

啊，我想起來了！六年級那一年，我最愛的那一隻小狗黑皮死了。

第二章

黑皮是一隻米克斯，就是混種的小黑狗。叫牠黑皮是因爲我很喜歡happy這個英文單字，它代表開心、快樂、無憂無慮，而我的黑皮就是這樣。牠永遠都是一副想要你陪牠玩的模樣，很容易滿足，喜歡有人摸牠的肚子，最討厭洗澡。

最重要的是，牠是我和爸爸之間的回憶。

我們是很平凡的一家人，就是那種街上隨處可見的家庭。媽媽當年在廣播電臺做事，爸爸在郵局上班，他們都是朝九晚五的上班族。回到家，媽媽會煮晚餐，再不然到外面吃，只不過爸爸一直都很安靜，所以吃飯時間都是媽媽一人獨撐場面。小學的回憶總是少不了好友，當時我最好的朋友是我的同班同學，更誇張的是，我們一路同班到高中！當然，我不敢說到了高中畢業我們還算好友，但起碼他是存在的。

爲什麼要講到他呢？因爲這跟黑皮有很大的關係。我記得我們五年級的那一年，我和我這一位好朋友每天下課都會到處閒晃，通常先是到附近的漫畫店借漫畫，然後看到太陽快下山才會離開，再到附近的冰店買根紅豆冰棒，看看商店櫥窗內的腳踏車，最後打道回府。他妹妹有時候會跟著我們到處晃，當時我覺得她是個跟屁蟲，若干年後，變成我是她的跟屁蟲。

那一天我們依舊做同樣的事，漫畫、冰棒、腳踏車，太陽下山後，卻因爲碰到一隻叼著皮鞋的狗，而從此過著不同的生活方式。我估計第一次見到黑皮時牠才幾個月大，那時我只覺得怎麼會有狗的毛色黑到發亮？也有可能是因爲牠四隻腳都是白的，比對之下很自然黑毛會更黑，眼珠子也跟著黑。

「牠叼著皮鞋耶！」雨棠說。

雨棠的哥哥，也就是我的好友，綽號鍋蓋王的雨翔慢慢蹲下，想把皮鞋從黑皮嘴巴拿走。黑皮看到鍋蓋王，退卻幾步。我不用看也知道爲什麼，因爲鍋蓋王很自然的散發出一種具有攻擊性的眼神，好像天底下沒有任何事會嚇到他，永遠勢在必得，就像他的綽號。他之所以叫鍋蓋王，就是因爲他打籃球常常蓋對手火鍋，被班上的人奉爲鍋蓋王。

後來那隻皮鞋一直留在雨棠家，但那是題外話。

我很想把黑皮帶回家，但偏偏我不是唯一一個想把黑皮帶回家的人。

如果要投票，雨棠加鍋蓋王兄妹就是兩票，這種三人當中有兩人是親兄妹的投票安排對我來說根本無解，好在我們三人不知道從什麼時候開始，就發明了一個很讚的投票方式，叫做「如果不……」，也就是輪流說出如果你沒有這項東西、不去這裡、不吃這個、不看這部電影，不按照你的意思，會發生什麼事？然後看看其他兩人會不會被你的理由感動到投你一票。如果會，恭喜你；如果不會，就那就看誰有耐心繼續掰下去。例如：

「如果今天不去漫畫店，我會無法專心上課。」這永遠是我的理由。

「如果我沒吃到紅豆冰，我會心情不好。」這也是雨棠慣用的字眼。

「如果我沒打球，以後怎麼參加ＮＢＡ？」雨翔經常扯到未來，好像我們是左右他美好未來的重要人物，所以經常贏。

當他這麼說，我們眞的就會爲了他的前途陪他打球，而犧牲漫畫和紅豆冰。

他後來沒有去打ＮＢＡ，甚至不再打籃球，但那又是題外話。

不過並不是每一次都如此順利。有時候這個「如果不……」會拉得很長，出現很扯的理由，像是「如果我不買這雙球鞋，我會走路無光」。

隨著年紀，以及我們對彼此的了解，其實很快就會知道是瞎掰抑或肺腑之言，基本上很快就有結論。

這也包括了五年級的黑皮事件。

「如果沒有這隻狗，我晚上一個人睡覺會害怕。」雨棠第一發還算有力。

「我很會運動，所以如果這隻狗的主人不是我，牠會一天到晚被關在家，挺慘的。」鍋蓋王這次從狗的角度切入，不錯。

「我家裡只有我一個人，如果沒有這隻狗，我只能繼續在家看牆壁。」這是眞的，發自肺腑之言。

他們兩兄妹看了我一眼，但沒有人接下去，某一秒雨棠的嘴巴有微微張開，卻被鍋蓋王用手肘阻止，意思就是：別再說了。

當時我還沒有爲黑皮取名，所以都統稱爲「那隻黑狗」。當天我們三個人投票投得很高興，好像這隻狗的命運就在我們手中，但沒想到牠的命運不但不在我們手中，也不在任何人手中。

一回到家，媽媽就搖頭搖了好幾十下。她的理由很簡單，簡單到讓一個五年級小學生不知從何強辯。

「因爲這隻狗的腳是白的，不吉利。」

就這樣。我以前根本沒聽過狗的腳是白色的有什麼關係。在一旁的爸爸臉色很糾結，記憶中他的那張四方臉和兩道濃眉總參雜著唯命是從的紋路，但那只有在對媽媽時才會出現。

我看著爸爸，很期待他能擠出幾句話說服媽媽，然後他也眞的不負我望，小聲對媽媽說，小安很可憐，總是一個人在家，有隻狗陪他也挺好的……

這句話不知道是裝了什麼機關，才一說完，媽媽就轉頭進房，連她有沒有在考慮，有沒有在生氣或微笑都不得而知。爸爸馬上跟著進房，留下我和黑皮杵在客廳不知所措。我只好又牽著牠到鍋蓋王家，請他們暫時收養。

這隻狗就這樣暫時在他們家住了三個月，而且我後來發現在這段期間，鍋蓋王不准雨棠爲牠取名。

「因爲這是小安的狗，應該由他來命名。」

這是後來雨棠跟我說的。也因爲這樣，他們在家就只稱牠爲「小安的狗」，一直到他們有一天要我幫牠取名，我才想到黑皮這個名字。

爲了繼續說服我媽收養黑皮，我們三個五年級小學生每天都在腦力激盪，想了一堆曲折離奇又感人至深的故事感動我媽，其中最感人的就是，黑皮撲倒正要過馬路的我，讓我從沒良心闖紅燈的計程車輪下逃過一劫。別看這個理由編得很普通，對三個純樸天眞的五年級小學生來說，要對父母說謊話是一件需要在腦裡反覆練習幾百次的大冒險。我以前總覺得爸媽口袋裡有一臺小小測謊機，只要我說謊，測謊機就會偵測出電流，不然怎麼每一次說謊都被揭穿？

很不幸的，我們所有的謊言都沒有讓媽媽點頭。

有一天下午吃晚飯前，爸爸到我房間。他一進來就坐在我床上，意思就是有很多話要對我說，會需要很多時間。我把漫畫闔上，轉頭準備聽他說話，但心裡實在很希望他趕緊講完，因爲手中的漫畫看到一半，就快看到結局了！只要看完結局，我就可以還給漫畫店，不會被罰款，還可以租最新的棒球漫畫……

如果我知道爸爸很快就不會在我身邊，如果我知道我跟爸爸在一起的時間只剩三年，或許我會更早闔上漫畫，或根本不看漫畫，到客廳跟他聊聊天，問問他工作忙不忙，甚至陪他看場球賽。

但那些都是屬於「如果不」的遊戲，都是千金難買早知道的小故事。

「我今天在郵局看到你的黑皮，」爸爸用他那雙很黑的眼珠看著我，「是雨翔帶牠來的，他說要寄信，但我看他也沒拿信來，所以猜到他大概故意來找我。」

不會吧？但有可能，這聽起來很像是鍋蓋王會做的事。如果他活在電玩裡，應該就是那種會隨時拿著武器路見不平的主角。

「喔，然後呢？」

「然後他問我晚上可不可以來我們家吃飯。」

什麼？

「而且，」爸爸站起來，「他現在就在樓下，跟你的黑皮一起。」

我趕緊快步準備下樓，他那一句「跟你的黑皮一起」還迴盪在空中，萌生出無限希望；是「你的黑皮」，不是「那一隻狗」。

我衝到樓下看，鍋蓋王牽著黑皮在媽媽面前，蹲在地上用手指撥一撥牠的嘴巴，試圖讓黑皮露出可愛的表情，好讓媽媽刮目相看。五年級生能想出的辦法也就只有這樣。

媽媽看到我下樓，眼光掃射到我背後的爸爸，其中的訊息就是：這是你主導的嗎？爸爸再度流露出那個四方臉和有紋路的笑容，抓抓頭，那是他好好先生的招牌動作。

那一天後，我們終於跨出了一大步，我可以週末把黑皮帶回家，但從週一到週五，還是得寄放在鍋蓋王那裡。鍋蓋王當然一口答應，他和雨棠也很喜歡黑皮，這樣的安排皆大歡喜，除了我週一到週五晚上都會想著黑皮以外，這眞的是不完美中的完美。

爲了讓我週一到週五之間不會一直碎念，追問黑皮的事，鍋蓋王乾脆打了一個狗牌給黑皮，上面寫著：

名字：黑皮

主人：宋宥安

電話則放他們家的電話。說也奇怪，自從知道大家都對這隻狗的身分有了共識，我的確鬆了一口氣。有時候有了界線，反而發現界線其實沒那麼重要。

那段時間黑皮一直過著在我們家和鍋蓋王家來來去去的日子。對我來說，週末與黑皮的時光不光是只有我跟牠的歡樂時光，更是我和爸爸的父子時間。以前沒有黑皮，每到週末，爸爸大部分都在頂樓做木工。據說爸爸的爸爸，也就是我的阿公是一位木匠，所以爸爸從小就耳濡目染，喜歡動手做東西。家中不少家具都是出自於他手，像我小時候的床、桌子、客廳的餐桌、牆上的相框，還有角落那些看似不起眼的小架子。現在，這些家具都成了我和他之間的回憶。一想到他那雙溫暖的手曾經摸過這些木頭，我就忍不住伸手觸碰，好像我們之間沒有距離。

當年的我沒有很喜歡這種敲敲打打的事情，無論爸爸怎麼吸引我拿起榔頭釘子都沒有用。週末對我來說，只是另一個星期一或星期二，因爲爸爸待在頂樓一整天，就好像他依然不在家，但是會回來吃中飯和晚餐，如此而已。

有了黑皮後就不一樣了。

爲了不讓媽媽對黑皮感到反感，爸爸會帶著我和黑皮到公園丟球，到學校看我和鍋蓋王打籃球，黑皮在一旁會跟著跑來跑去湊熱鬧。那幾年與黑皮在一起的時光，是我和爸爸最親近的回憶。

我們曾經帶黑皮爬山，帶黑皮露營過夜，然後在一片蟬聲中，只有我和爸爸兩個人的聲音旋繞在夜裡，他會告訴我現在看到的星星是天狼星、北極星，或織女星；現在聽到的蟬聲是臺灣熊蟬，還是陽明山暮蟬；天上的雲朵有卷雲、層雲；還有纏繞在大樹上的是小花蔓澤蘭，然後他會伸手把它從大樹上抓下來，還說這樣可以搶救大樹的生命。以前我對爸爸的印象很單純，停留在他因郵差工作對街道小巷瞭若指掌，但黑皮的加入無意間令我看到爸爸的另一面；那是他對大自然的溫柔，對天空、星空還有花草樹木動物植物的熟悉度，整個人就像是活在森林的精靈，只是身型比精靈大了幾倍，然後沒有翅膀，也沒有魔法，外加幾條皺紋。

也因爲與爸爸的獨處，我後來才知道媽媽在生下我後無法再生育，所以我沒有弟弟妹妹。其實爸爸沒有很介意，但媽媽非常難過，而對我來說，我根本搞不清楚有什麼不同，反而覺得挺好的。我還告訴爸爸說我有更好的安排，就是鍋蓋王！他不但住我家附近，還幫我照顧狗，也不用跟他搶玩具，不必分享任何玩具，多好啊？爸爸的回應很有趣，他說，他很羨慕我。

後來想想……的確，好像眞的沒見過爸爸的朋友，頂多也就是參加他們的員工旅遊和聚餐。媽媽也不大喜歡聚會活動，印象中沒有什麼「阿姨」或「叔叔」過年來拜訪。爸爸曾經說過是因爲媽媽每天需要對著麥克風講好幾個小時的話，所以很習慣獨處。這些，都是我們和黑皮相處的日子裡，我從爸爸口中聽到的。

他還說，他希望以後有更多機會跟我和黑皮一起聊天，一起出來玩。

我記得他說這句話的時候，臉上有一抹微微幸福的笑，有些靦腆，有點滿足，那是我從未見過的笑容。

後來想想，我懷疑爸爸當時不小心把我當成他的朋友——他唯一的朋友；不過，某一個程度上，我很高興他這麼做。

儘管年齡日漸增長，但以前的往事也就只有那幾件事可以拿來回憶。雨棠常常跟我說，我們現在做的每一件事，幾年後都會掛在嘴邊，好證明此生不虛此行，所以要多創造值得回憶的事，將來老了就靠這些了！偏偏有些回憶不會爲你帶來滿足的微笑。

譬如接下來在黑皮身上發生的事。

第三章

河川很有耐心。他依舊用他那雙深邃的黑眼珠「讀」我的思緒，等到我不想再想下去，才開口對我說話。

「很美的回憶。」他說。

我現在根本不再想知道他是不是有什麼讀心術還是通靈，因為每次一陷進這段回憶就很難抽離。但我必須說，我很感謝河川的耐心，起碼，他不會對我的神遊感到不耐，甚至給我足夠的時間回憶。

不像她。

這也是為什麼我和她分手分了兩次，依然無法解決……失去親人需要一輩子來緬懷，那是沒失去過親人的人永遠不會知道，也無法理解的。

黑皮走了之後，我和爸爸那些親密的父子時光就像被熄滅的營火，有痕跡，但烤焦了。後來媽媽變得更加惱怒，因為我需要度過一段痛失黑皮的傷心期，就連爸爸也是。

一直到爸爸走了之前，那段只有我跟他和黑皮的日子都不再復返。

「所以，小安，」河川嚴肅起來：「我不想打擾你的思緒，但是我必須這麼做，因爲時間……」

對，他說的沒錯，河川說過很多次，我的時間不多了。

「嘿，河川，」我突然想起一件事，「我不知道你是誰，但我相信你跟死去的人有聯絡吧？」

河川對我的用詞感到奇怪，但我也管不了這麼多。

「你知道我爸爸現在過得好嗎？」我一邊問一邊默默在心裡許願，無論如何，拜託都說好。啊，我忘了河川有讀心術。

「放心，他很好。」

我微笑謝謝他，無論是不是眞的，都很謝謝他給予我需要聽到的。

「你準備好進入模擬關了嗎？」

我點點頭。不是因爲眞的準備好，而是因爲聽到我需要聽到的。

我們果然到了黑皮出事的那一天。這種感覺很奇怪，明明已經知道會發生什麼事，也明明老早是個大人，卻硬要我回到當年六年級的身體，然後再重演一次曾經上演的戲碼。但一想到可以重新見到爸爸，可以看到黑皮，我興奮得整身汗毛豎立，決定藉著這次機會全力捍衛那些丟失在回憶裡的紀念品。

場景跟當年一樣。

星期六一早，我和鍋蓋王約好一起從他家帶著黑皮走到我家，然後跟爸爸翻越小山，走過河流，踏上泥土，順便拔下小花蔓澤蘭，救活幾棵大樹。一見到當年的鍋蓋王，我的心中泛起莫名的激動，很想大聲對他吶喊：「喂，鍋蓋王，是我！你一定不會相信，但是我陷入昏迷，正在玩一場遊戲，然後……」

我心裡OS到一半，突然一陣戚然。我很久沒跟鍋蓋王聯絡了，要是眞的再見，他應該不會像我這麼激動，甚至懶得鳥我。但我也看到他臉上的表情，和當年一模一樣，就是那種「什麼事都包在我身上，因爲你是我的好朋友」的臉。

啊，好想念當年的鍋蓋王，好想念當年曾經有過的友情。

那個表情提醒了我正在模擬關裡，得抓緊機會！這一次一定要保護好黑皮，不要讓牠發生意外。

「走吧！」鍋蓋王笑著露出潔白的牙齒。

「嗯。」我沒說什麼，但心裡一堆內心戲。

我一直在腦中演練當年發生的事，希望把握住那些重要的環節，好重新選擇每一個動作。

我記得接下來鍋蓋王會告訴我黑皮這個星期以來發生的事，然後告訴我他家裡的冰箱壞了，再告訴我學校的籃球隊教練建議他參加校外比賽，最後就是討論漫畫情節。

「黑皮這幾天怪怪的，牠以前都很乖的，最近會一直狂叫，還開始會咬東西。」

我點點頭，腦筋早已快轉到當年黑皮被撞的那一幕。

「我們家冰箱壞了，所以這幾天我跟雨棠一直拉肚子，超慘的。」

「嗯。」

當年是因為黑皮的牽繩斷了，然後黑皮跑到馬路被車撞……所以我應該怎麼辦，應該把牽繩搶過來？還是……

「我有沒有告訴你，教練說啊，我應該要去報名社區的籃球比賽，這樣可以累積經驗，不然在這裡跟同一班人馬比賽，都沒進步。」

我決定了。我要把牽繩搶過來。

「喂，雨翔。」我轉頭切斷話題。

鍋蓋王嚇了一跳，睜大眼睛看著我。我很驚訝他為何露出如此訝異的表情？

「你剛才叫我……」

「雨翔。」喔，對了，鍋蓋王是他小時候的綽號。之後他就不再是鍋蓋王，不再是籃球好手，所以之後的他，就是雨翔。鍋蓋王這個綽號，對長大後的雨翔來說應該是個諷刺，是個禁忌的字眼。

但是現在他才六年級啊！唉呀，這種回到童年的時光遊戲，眞的需要練習，難怪會有所謂的模擬關，看來河川的安排是有道理的。

「鍋蓋王，我來牽黑皮好了！」還沒等他回應，我便從他手中拿過牽繩，心裡安心許多。

啊，是爸爸！我們就在紅綠燈前，看著爸爸在對街跟我們揮手，雖然還沒有看到他的臉，但光是看到那個熟悉的揮手姿勢，他常穿的那件格子襯衫和微胖卻親切的身型，就忍不住觸動淚腺，一股洪水直接衝到眼眶，毫無保留。

爸，這麼多年了，我超想你的。

爸，我想念你的少言，想念你的溫柔，想念你爬山的背影，想念你低頭整理東西的樣子，想念你在的每一個時刻。如果昏迷表示可以一直跟著爸爸待在童年時期，說老實話，那不算太差。

「你幹麼不過街啊？」鍋蓋王點點我的肩膀。

鍋蓋王好像沒看到我的眼淚，好險！

對，這是個重要時刻。我將思緒整理好，把牽繩抓緊，準備過街。

我跨出第一步，腦袋像是電風扇一樣左右擺頭，確認兩邊沒有車子，同時綳緊神經，使出全身力量抓住牽繩，絕對不能讓黑皮跑走，絕對不能鬆開手，絕對不行，絕對……

不對，我突然想起一件事，腦海忽然像福爾摩斯辦案，把當年的情境快轉演練一遍，一段記憶突然插進軌道上：當年黑皮出事，不是因爲鍋蓋王鬆手然後黑皮跑到路上這麼簡單，也不是因爲黑皮亂竄而被超速的車子給撞上，是有另一個原因。

但是是什麼呢？

糟糕，我想不起來。當年的這一幕發生得很快，幾秒間就奪走了黑皮的生命，我根本無力去回想。

時間緊迫，直接把黑皮抱在懷裡，總不會錯吧？只要黑皮沒事，一切應該都會沒事。我的任務就是要確保牠沒事，就可以順利通過這個模擬關。

這條街一直都很安靜，除了悅耳的鳥叫聲，只有一些草地和上山的柏油小路，還有新蓋的石頭圍牆。我走過街，沒理會鍋蓋王是否跟上我的步伐。

但我還沒踩下一步，有人突然狠狠的從背後一手抓住我的衣服，像是要把一個快溺水的人拉回岸邊，令我整個人摔在地上！鍋蓋王力氣之大，將我當年的記憶也抓回軌道，一幕幕滾回我的記憶體。

一輛機車呼嘯而過，看不到任何蹤影，要不是有機車的引擎聲，根本不會有人知道剛剛是什麼東西飛奔眼前。

現在我才想起來，當年不是黑皮自己掙脫跑走，是有輛機車呼嘯而過！我們完全來不及反應，也看不到影子，唯一留下來的證據，是機車快速擦過馬路的擾人噪音和黑皮的哀鳴。

而眼前的黑皮沒有再張開眼睛。

失敗了。我還是失敗了。更慘的是，這一次，黑皮是從我手中掉下去的，我連要責怪鍋蓋王的權利都沒有。

我沒有保護好黑皮，也就是說，我沒過關。更進一步的說法，我做錯了選擇。我看著躺在地上的黑皮，不停的在腦袋裡懷疑剛才是不是應該慢一步過街，就不會讓黑皮被機車撞到？我看著站在對街的爸爸，雖然看不到他的臉，但我知道他正驚愕的想辦法要來安慰我。

我不管三七二十一直接衝向爸爸，想要好好抱住他，告訴他雖然黑皮不在了，但我們還是可以每個週末去露營，去爬山，去野餐……我不想再回到那個爸爸一個人在頂樓做木工、我一個人在客廳看電視的日子。

爸，我們還是可以在你與我們生活的最後幾年中，擁有更多笑到肚子痛的回憶。我可以成爲你的好朋友，你可以盡情告訴我你年輕的事，還有你跟媽媽之間……

突然又有人從背後拉住我的衣服，力道雖強，卻帶著溫柔。我一轉頭，發現是河川。

第四章

耳邊盡是河流聲，河川帶我來到一座優美的小森林。

不知道爲什麼，我非常確定這個地方沒有其他人，就只有我跟他。我們兩個站在大石頭上，石頭邊的流水潺潺，聲音清脆悅耳。晶瑩剔透的水流裡，竟然可以看到底下的小魚游動流竄，還有不少各種顏色的小石子。

河川的表情有一種療癒作用，像是理解，像是同情，像是友誼，更像是看透一切人事物醜陋及優美的氣功師父。沒辦法，誰叫他要穿這身會發亮的古代長袍？

他沒說什麼，要我跟著他蹲在石頭上，撈一把清涼的河水洗把臉。水一沾到臉上，天啊，好像小鹿終於舔到溪水，那種冰涼的觸感讓人不由自主由衷感謝大自然的美好，暫時忘卻自己處境有多不美好。

隨著河往下游的方向前進，我的眼睛不曾離開河流。很久沒看到如此清澈、平靜的溪水；它緩慢有條理讓坡度帶領著，一碰到石頭，自然的分開又匯流，毫無異議。河川似乎找到一個不錯的視野，決定坐在一塊大石頭上，我自然而然也一屁股坐在他旁邊，準備問出所有埋藏在心中的一萬個問題。

「我沒過關，我知道。」

河川這次沒看我，雙眼看著河流往下滾動，選擇沉浸享受。

「但我不懂，當年是鍋蓋王拉住黑皮，然後才出事的，這一次我選擇用抱的，還是沒能躲過。我怎麼覺得無論誰拉住黑皮都一樣，根本救不了牠！」

過了一會兒，河川才慢慢轉向我，說出他的答案。

「因爲目的不是爲了要救黑皮。你無論怎麼救，都沒有用。」

我愣在原地。

「不是要救黑皮，那是要幹麼？」我感覺被耍了。

「小安，」河川沒有因爲我的生氣改變節奏，「其實當年跟這一次，你做的決定都一樣。」

怎麼會一樣？

「當然一樣。」

喔，我忘了他有讀心術。

「當年黑皮被撞倒，你的第一個反應是奔向爸爸。」河川聲音搭配身後的流水聲，很有規律，「這一次，你也做了同樣的決定。」

我停頓了一會兒，所以他指的是發生事故後的事。那請問如果不往爸爸那裡跑，還有別的選擇嗎？難道是把黑皮送到醫院，還是人工呼吸，人可以對狗做人工呼吸嗎？不知道……

「小安，我已經說了，不是救黑皮。」

OK，他的讀心術有點侵犯隱私了。

他大概知道我有點不爽，直接點出方向。

「你一直沒有回頭看。」

回頭看什麼？

「你的朋友。」

喔，鍋蓋王。黑皮被車撞的那一天，他……等一下，他好像有受傷？

我得要想一想，這麼久以前的事。

「你知道嗎？」河川說：「雖然黑皮的牌子寫的是你的名字，你也是牠名義上的主人，但你跟牠在一起的時間，其實並沒有比鍋蓋王多，某個程度來說，黑皮也是鍋蓋王的狗，你有想過嗎？」

「嗯……」我想了想，數學雖不是我的強項，但簡單的計算我還應付得來。所以我每個星期兩天，鍋蓋王每個星期五天，沒錯，那又怎麼樣？

河川稍微皺起眉頭，這是我第一次看到他露出那個表情。

「他傷心的程度不比你少，受傷的程度更不用說。還有，這一次你做的選擇是抱住黑皮，但鍋蓋王為了救你，把你拉回他身邊，他還是狠狠的跌了一跤。」

「但是，」我理直氣壯，「這是我跟我爸爸的回憶。我跟我爸爸！他沒有失去他爸爸，他也沒有因為失去黑皮生命產生任何變化！」

「你怎麼知道？」河川講得很慢，「你有問過他的生命在沒有黑皮之後，有了什麼變化嗎？」

我深深吸了一口氣，希望藉此爭取時間想出如何回應。結果沒想到任何答案，因為我的確從來沒問過鍋蓋王。

就連他跌倒受傷我也沒問過。但是我依然理直氣壯，那幾年是我與爸爸最後的時光，沒有任何事可以干擾我對他的思念。我沒有慰問鍋蓋王或許是一個錯誤，但我有充分的理由選擇想念我爸爸。我敢保證，換作任何人都會這麼選擇。

河川這次沒說什麼，只是遠遠望著對面的山，大概想用寧靜來打斷我的理直氣壯。

「所以，」我終於打破寧靜，「正確的選擇，應該是要回頭去關心鍋蓋王？」

河川笑了，單眼皮讓他的笑容特別誠懇：「會是一個不錯的開始。」

他從石頭上站起來往下走，我跟在他後面，走得有些吃力。路上的泥土有些溼潤，斜度越來越陡，耳邊的流水聲也跟著急促起來。河川大概眞的有練過功夫，他幾乎都是用跳的方式往下一個石頭降落，而我只能小步小步往前移動，只希望不要在正式闖關前就跌傷致死。

好不容易跟上河川，順著微風看見他筆直的身軀，我耳邊聽到豐沛的流水聲，便急忙往他身後望，我們腳下的河流已被一顆大石頭分岔成兩大條支流。

「你……要走哪一條？」

「嗯，好問題。」河川笑了笑。

我看兩條支流長得一模一樣，左邊爲高聳的枯樹，右邊則是綠葉叢林。

河川繼續說：「小安，你後來跟鍋蓋王發生了什麼事？」

很久沒聽到有人問這個問題了。

其實，我很久沒跟任何人提到「鍋蓋王」這三個字了。

第五章

我好像有提過，我和鍋蓋王是小學同班同學，國中同班同學，高中同班同學。鍋蓋王本名梁雨翔，他從國中開始就代表學校籃球隊各處征戰，升上高中更不用說，一下就成為校園大明星。他不但籃球打得好，人也夠帥，文質彬彬又知書達禮，根本就是《灌籃高手》裡面的流川楓，活生生從漫畫走出來奪走許多女生的情書。他和雨棠都一樣，功課好，課外活動滿檔，父母全力支持，並在旁邊適度關懷。每次我到他們家，總是覺得陽光在他們家特別亮，就連下起雨都很浪漫。

其實從小學一年級開始，我就知道班上有這麼一號人物，一個長得比一般人高，能言善道又頗具領導風範的班長。我和他就像兩條平行線，兩個人南轅北轍，永遠沒有交集點。倒是內心偶爾會打上問號：不知道跟他這樣的人當朋友，壓力會不會很大？

結果答案是：不會。不但不會，他還挺需要朋友的。

人和人之間交往總會因為天時地利人和，讓兩人不小心成為好友，再晉級成為麻吉。我和鍋蓋王的天時地利人和始於《哈利波特》的九又四分之三月臺。

我是個《哈利波特》迷，一直都是，就連長大後的現在，《哈利波特》的電影還是能讓我腦筋暫時放空，忘記周遭那些不愉快的事。

在《哈利波特》裡，九又四分之三月臺是進入魔法學院的入口，一旦進到月臺，哈利就屬於魔法界的學生，被賦予他註定要完成的偉大使命。月臺像是個交界點，一個象徵他與凡人不同的入口。說老實話，每個人都有一個九又四分之三月臺入口吧？一旦進入這個神祕的入口，便能夠在誇張又不用解釋的想像力帶領下降落任何一個地方，會因著自己的偉大而腎上腺素急促上升，爲自己不在意別人眼光的自由而歡呼！

這個九又四分之三月臺，就在我家對面捷運站的山路通道。

第一次發現這個通道，是在我小學四年級。

那一天我拿著《灌籃高手》的漫畫回家，使出我最神奇的特異功能：邊走邊看。別看這個特異功能聽起來有點蠢，我可是已經練到邊走邊看，不僅不會迷路，看到笑點還能開懷捧腹大笑，直到頭一抬起，已安然到家。猛吧？

那一天，我依舊使出這項特異功能，卻不知不覺走上這條沒有半個人的小山路。一路上安靜得幾乎像是時間停頓，只要動作大一點都會打破這份寧靜。那天豔陽高照，我的腳步為了閃躲路上的小石頭，很自然的往右邊跨，就直接踏上右手邊的岔路，等到我的視線終於捨得離開漫畫，一抬頭，發現自己來到捷運站後方，眼前只看到一堆雜草、一塊小空地、幾顆大石頭，還有……是的，請停止呼吸準備接受這景象：

一部只剩下一半的行李手推車，就緊緊的黏著捷運站後面的牆壁。

我瞪著這部黏進牆壁裡的手推車將近三十秒，不敢相信九又四分之三月臺的景況就這樣在我眼前重現，直到後面有籃球碰到地面的聲音才回神。我一轉頭，鍋蓋王第一句話就是：「你怎麼找到這裡的？」

看來他是這裡的常客。

「這個……這個手推車……」

「喔，我也不知道發生什麼事，我一來就是這樣了，」他走近手推車，用手摸摸銜接處，「我猜大概有人趁這面牆還沒有乾，就把手推車硬塞進去，滿有趣的。」

OK，我一聽就知道他不是《哈利波特》迷，因為「滿有趣的」這四個字實在不足以形容這個像被施了魔法的震撼景象。我覺得自己需要為《哈利波特》站臺一下。

「《哈利波特》……《哈利波特》！」

「什麼？」

「《哈利波特》啊！」

鍋蓋王一臉茫然，拍拍手中的籃球。

後面傳來一個小女孩的聲音：「九又四分之三月臺。」

是雨棠。

她從鍋蓋王身後鑽出來，頭髮紮得很高很高，還用一條很長、很長的紫色緞帶綁住。她看著我，露出一種很聰明的笑容，我注意到她的耳朵很漂亮，大概因爲馬尾而特別明顯，看起來就是那種什麼都知道，什麼都聽得懂，什麼都理解的耳朵。不要問我爲什麼是耳朵，反正就是耳朵。

搞了老半天，他們兄妹倆早就知道這個地方，不過沒有比我早很多，頂多一個星期吧！鍋蓋王說，他們決定把這裡當成他們的祕密基地，可以做自己喜歡的事，但既然我來了，那就是屬於我們三個人的祕密基地。

「不過需要約法三章。首先，絕對不可以告訴任何人。」鍋蓋王很嚴肅。

「還有呢？」我問。

「不可以阻止另一個人做他想要做的事。」雨棠說。

「例如？」我很好奇。

「例如……如果我想要躺在地上發呆，你不可以阻止。」

簡單。我點點頭。

「還有，」這次換鍋蓋王，「在這裡發生的任何事，都不能跟任何人說。」

鍋蓋王的眼神突然露出一抹含蓄。

我看著黏進牆壁的手推車，突然有個想法。

「喂，你們看這部手推車，你們會以爲它要衝進月臺，其實啊，我覺得它已經衝進月臺，只是行李已經拿走所以停放在這裡。」

雨棠和鍋蓋王看著我，一副「那又怎樣？」的表情。

「所以，這裡就是魔法學院啊！這部手推車是從另一邊推過來的！懂我的意思嗎？」

他們兩個有點不屑，畢竟眞的很牽強。

「然後呢？」鍋蓋王說。

「然後，我也有個規定。就是這裡有魔法，來到這裡的人都很誠實，不能說謊。」

當時我才四年級，所以也就只能想出這樣的故事背景。現在想想，勉強可以拿個乙。不過我的目標群眾鍋蓋王一樣才四年級，而雨棠才三年級，對他們來說，這個新的規定很有挑戰。

挑戰＝有趣。

他們接受了這項有趣的挑戰，決定在這裡，我們說實話；在這裡，我們可以成爲眞正的我們，沒有人會笑你，沒有人會說出你的祕密。

小學那幾年，在九又四分之三月臺，我每天躺著看漫畫笑到肚子痛，毫無忌憚說出我超低的笑點。雨棠每天低頭寫詩，編故事，創作雜誌，就算我們都覺得很難看也沒關係，她開心就好。鍋蓋王每天拿著籃球練習，就算打得很爛，沒節奏感，沒信心比賽，我們都聆聽。

在這裡，我們根本不介意別人的看法，因爲這裡是一個有誠實魔法的月臺，大家也都同意了。在這樣的「規定」下，我們三個不可能不成爲無話不談的好朋友。一年又一年，班上的同學始終搞不清楚我們從何時黏在一起，但說好不能說就是不能說。

這對我來說本來就很容易。

我從小就沒有很喜歡講話，就連現在也是能免則免，更別提以前會有什麼偉大的夢想可以拿來炫耀。光是這一點，就跟鍋蓋兄妹差很大。鍋蓋王從小就知道他要成爲籃球明星，而且毫無違和的相信這件事的可能性。至於雨棠很喜歡看書、雜誌，甚至小學就自己編輯月刊，唯二訂購者就是我和鍋蓋王，但到了國中，訂購者由全班擴及到別班，高中自然成為學校校刊的總編輯，所以之後當上記者和紀錄片導演並不令人意外。

我和鍋蓋王共同的話題除了漫畫，就是他的籃球。我是個好聽眾，適時鼓勵慰問，絕不會越界，是個不會不按牌理出牌的安全牌。別看這點特質不起眼，對當年叱吒籃壇的流川楓分身來說，我的無所謂和好配合度的個性，反而讓他很有歸屬感。這不是我說的，是後來雨棠告訴我的。

上了國中的某一天，爸爸意外去世，鍋蓋王和雨棠的存在成為我最大的安慰。

那一陣子，我經常拿著爸爸的木頭和工具，在九又四分之三月臺看著那些東西流淚、生氣、緬懷、說話，然後再重複以上的動作。面對我的潰堤，鍋蓋王和雨棠每天都拿了好幾瓶的蘋果西打和衛生紙，好像我的淚腺很需要蘋果西打的補給一樣，按時遞給我。那一段日子，只有他們看到我的眼淚。

後來發生一件事。

在爸爸去世後的兩年後，某一天我在教室裡抄筆記，耳邊聽到一陣很熟悉的聲音。往窗外一看，是一輛機車。它不是一輛普通的機車，是一輛郵差的機車。郵差在停車時，那種踩著腳煞車熄火，再拿著信件包裹的步調會發出一個很特別的韻律，只有每天聽到的人才會知道。當郵差熄火停好車的那一剎那，我無預警的噴出眼淚，一發不可收拾，偏偏當時是夏天，制服是短袖的，連用袖口偷擦眼淚都沒辦法。我馬上衝出教室，跑到那輛機車旁，看著它一句話也沒說。全班趴在教室窗戶看我到底在幹麼，老師也跑過來問我怎麼回事，但我只是看著這位郵差錯愕的下車，默默回到教室。沒有人知道爲什麼我會這麼做，除了鍋蓋王。

放學後，兩個班上很無聊的同學在學校走廊開了一個玩笑：「你是想要做郵差嗎？需要這麼激動跑到樓下看機車喔？」說完後，兩人大笑。我的淚水再度像噴泉一樣飛出臉頰，連我自己也嚇了一跳。

我摸摸臉頰，看著前面兩個慌張失措的同學，我知道他們肯定不知道這句話是一把刀，直接俐落的切開我的淚腺。

但是我什麼都沒說，因爲我也不知道如何回應，加上他們根本不知道我爸爸發生了什麼事。他們只是我生命中的路人甲，不知道我早餐吃了什麼或漫畫看到哪一集，也不知道我家沒有別的兄弟姊妹這類的事，也就是說，我們根本毫無深交的可能性，所以何必浪費口水去解釋？

爲了制止這一幕尷尬的場面，我趕緊轉頭，卻狼狽的撞到人。抬頭一看，竟然是鍋蓋王！我永遠忘不了他當時的表情。

他雙手抱胸，眼神發出一種無法抵抗的威力，像是一座山，高聳入雲，任何人都撼動不了他。他慢動作走到這兩人面前，用緩慢而堅定的口氣告訴他們：「這種玩笑開不得。」

我敢打包票，這兩個人到現在都搞不清楚他們到底講錯了什麼話。但這不是重點，重點是，這就是鍋蓋王。他路見不平，拔刀相助。所謂拔刀，不是眞的拔刀，而是他的氣勢。有好幾次班上的同學被一些惡霸刁難，鍋蓋王總是會用一隻手拍拍對方的背，另一隻手在地上拍拍籃球，眼神凌厲，對方馬上罷手。當時我才發現，他經常獨自一人單挑惡勢力，但這些惡人懼怕的不是他的力氣或脾氣，而是他正氣凜然、沒有一絲畏懼的強大氣勢。在成爲全校籃球明星之後，他身後那些隱形的粉絲和朋友令這股氣勢更勝一籌。

當然，這些都是他發生了「那件事」以前。

在敘述「那件事」以前，得要提到我人生中目前爲止最重要的一件事，它牽起了一條自我小學四年級開始，就永遠剪不斷的線。

是她。

其實從第一眼在九又四分之三月臺看到她的那個摩門特[1]，我就知道她是個與眾不同的女生。不是因爲她綁著特別長的紫色緞帶（幾乎到腰部），也不是因爲她的聰明耳朵，是因爲她對每一件事情都有想法，而且非說出來不可。

「你爲什麼喜歡《哈利波特》？」

「呃……就好看啊。」

「應該不只這樣。一個人喜歡看一本書，一定是某一個地方吸引他；是角色嗎？情境？故事？還是文字？」

爲了她這句話，我眞的想了一整個星期。

「是因爲哈利的朋友很酷，我喜歡他們三個人在一起的感覺。」

五年級的她對我笑了笑，很滿意我的答案。

「你爲什麼會沒有夢想？你喜歡什麼？」

「漫畫。」

「那可以當個漫畫家啊！」

「不要，我不喜歡畫畫。」

「那……應該這麼問，你爲什麼喜歡看漫畫？不要太快回答我，要經過仔細思考才行。」

我又仔細思考了一個星期，才把答案告訴當時已經上國二的她。

「因爲，可以一個人安靜的看完一齣戲，這種感覺很搭我。」

「你很宅耶！」

但我看得出來她也滿意這個答案，雖然不代表認同。

我眞的很宅。如果可以，我眞的寧可每天在家看書看漫畫，然後到樓下超商吃碗微波的咖哩飯，再回樓上看電影。後來我當了演員，勉強可以說是因爲我很愛看戲，很愛看故事，但我和雨棠都知道，實在是因爲我不知道還能做些什麼。當年因緣際會，莫名其妙被簽下成爲演員，也很幸運的碰到幾個很好的導演，他們說我很有梁朝偉的感覺……梁朝偉耶！所以就這樣繼續演下去。我知道總有一天會有別的狀況令我無法再演戲，但我也不打算想這麼多，就到時候再說吧！

以不變應萬變，是我一直以來所秉持的基本原則。而雨棠剛好相反，她是以萬變制不變。我們從小就站在各自的崗位上：鍋蓋王是個隨時會發出議題的人，雨棠是個反對黨——順道一提，她後來成爲拍攝紀錄片的導演，給自己另一個很壯觀的形容：「不隨

1 注：英文Moment，時刻、瞬間的意思。

著主流而從反面角度探究問題的人」。而我，就是那個在他們意見不合、打成平手時，致命的第三票。聽起來很重要，但說了跟沒說一樣，總是躲在他們後面，沒有欲望加入他們的戰局。但如果要深談，我會坐下來好好思考，誠實告訴他們我的想法。

這樣個性的我，要追到雨棠談何容易？她從國中開始，就已經是全校最美麗、最聰明、最多活動的女孩子。到了高中時期，爲了不想要再有人傳情書給她，她剪了一個男生頭，也拒絕擦口紅，連上街都只穿牛仔褲和球鞋。結果情書非但沒少，還急速暴增！

有一天，鍋蓋王這麼問我。

「小安，你到底喜不喜歡我妹？」

我深呼吸一口氣，只敢點頭，不敢說出口。直到鍋蓋王插手灌溉種苗，我和雨棠才終於牽起手，從青梅竹馬演變成爲戀人。但那是題外話。

應該是時候講到「那件事」了。

人生總有幾件事情會改變你的生命，就好像有人把你的生命軌道加了一段岔路，讓你走上另一條截然不同的風景。有時候天公作美，換上的那條岔路帶你到康莊之地，從此過著幸福快樂的日子。但有時候（大部分的時候）天公不作美，那條岔路帶你到一個萬劫不復的景況，令你開始列出人生的一百個爲什麼，而且永遠得不到答案。

這段故事不是我的為什麼，是屬於鍋蓋王的為什麼。

在高二的那一年，鍋蓋王披上戰袍，準備帶領校隊參加ＨＢＬ高中籃球聯賽爭奪冠軍。當年的鍋蓋王在籃球場上叱吒風雲，每次上場總是引起騷動，場邊不只有後援會、粉絲團的尖叫聲，甚至還有球探注意他的一舉一動。除了他的濃眉和酒窩，他那頭隨手亂抓卻可以飛得很平衡、很帥氣的髮型，真的令人感到上帝的不公平、老天爺的得天獨厚。

不過到了九又四分之三月臺，他像換了一張臉，完全不是那個在球場上灌籃、蓋火鍋、三分球運用自如的籃球好手。他就是梁雨翔，一個跟你我一樣有情緒，有害怕有焦慮的運動員。他碰到緊張的事會口齒不清，蛀牙很多，而且在家愛穿藍白拖。

每次比賽前，他總會召集我們到月臺，在我們面前走來走去丟出一連串的問題。

「如果明天失誤怎麼辦？」

「那就下一球再投好一點。」我邊看漫畫邊回答。

「如果我罰球沒進怎麼辦？」

「沒什麼大不了的，進攻時投進就好了啊！」雨棠低頭寫字。

「如果……如果球探覺得我不夠好怎麼辦？」

鍋蓋王雙手抱胸，站在我們面前。我和雨棠終於放下漫畫和筆，正視他的害怕。

「哥，如果球探只看一次你的失誤，那他們就不是專業的球探了。」

鍋蓋王拚命點頭，像是安慰自己。雨棠用手肘敲敲我，麻煩我好歹擠出幾個字。

「嗯，對，而且，不打籃球也沒什麼大不了的啊！」

他們兄妹倆看著我，一個像是被我用水球砸到臉，另一個想用水球砸我的臉。爲了表示我不是隨口說說，我趕緊爲他規劃籃球以外的生涯：「我們可以一起開一家漫畫店，超酷的！」

這聽起來像是我在拜託鍋蓋王，所以我安全過關。他果然笑了笑，沒說什麼。雨棠倒是有點驚訝，當時我們已經是男女朋友了，她的眼神傳達出「這是你的夢想？怎麼都沒聽你提過？」其實我也是隨口說說，沒有當眞。

冠軍賽那一天，觀眾席上座無虛席。鍋蓋王全家都出席，他爸媽還穿上鍋蓋王粉絲團的制服，帶上鍋蓋王名字和照片的舉牌，澈底融入場上的歡呼聲。我坐在雨棠旁邊，早已準備好要隨時拉住雨棠，免得她因爲加油太用力而做出爬欄杆大叫之類的危險動作。

鍋蓋王果然在上半場彈無虛發，連續投進了六、七個三分球，令全場爲之瘋狂，觀眾席的波浪舞從頭跳到尾。在我看來，他每一個動作、每一個運球和傳球都經過周詳的思慮和計劃，沒有任何浪費。我相信這也是球探想看到的，他們最期待找到的不只是高大威猛的健將，更是一名聰明又沉得住氣的戰略將軍，而鍋蓋王在那場比賽的表現絕對實至名歸。我內心為他歡呼，替他放鞭炮，我知道他肯定能進入球探網羅的名單，未來絕對是籃球明星，錯不了。

到了中場休息時間，他的眼神靜悄悄飄向這裡，靦腆的微笑獲得不少尖叫，只是我和雨棠都警覺到，他的眼神不是落在我們這裡，而是我們後面的那一群人。我和雨棠往後看，馬上就看到一個女孩子靜靜的坐在人群中微笑。她的雙眼直視坐在球場一角的鍋蓋王，回應他的眼神。我和雨棠望著對方：難道就是她？

依稀記得某一天在九又四分之三月臺，鍋蓋王難得表現得支支吾吾，很婉轉的提到他心儀的人。當時他的語氣很不以為然，所以我們也沒有再追問，直到他們今天眉目傳情，我和雨棠才睜大眼睛互看對方，恨不得坐到這個女孩子旁邊問個一清二楚。到底這是什麼時候發生的事？據雨棠即時調查結果，她也是鍋蓋王粉絲團的成員，已經暗戀這位學校風雲人物多年，直到鍋蓋王發現她總會默默放一瓶運動飲料在籃球場旁邊，兩人才開始有對話。

「你覺不覺得她看起來很文靜？」雨棠假裝看別的地方。

「眞的嗎？不知道，我又沒跟她講過話。還有，你也太厲害了吧？這麼快就問到這麼多他們兩個人的事！」

「當然。我是校刊記者！還有，喂，你很想跟她講話喔？」

我乾笑幾聲，就知道這是抽考題。

「我每天不是跟你在一起，就是跟你哥，不然就是看漫畫，哪有時間跟別人講話？」

雨棠笑了。

場上球員休息結束，全場響起歡呼聲，波浪舞也傳到我們這裡，就在這個時候。我記得很清楚，就是這個時候，「那件事」發生了。

裁判的哨音一吹，鍋蓋王就位，接到球準備後轉投籃。

突然間，他整個身體「砰」的一聲，像是一團厚厚的牛肉餡餅在空中翻面，被廚師漏接，重重的擊落在地。全場沒有半點聲音，鍋蓋王沒有發出呻吟，手腳開始不聽使喚抽搐。

全場依然安靜無聲。

等到他開始口吐白沫，眼球翻白，手腳越抖越厲害，連身體都開始上下碰撞地面，裁判才領悟到不對勁，跑到他身邊，球員們則是依然杵在原地，畢竟他們受到的驚嚇也需要時間回復。觀眾席裡竊竊私語的聲音在體育館裡迴盪，我一轉頭，雨棠和她爸爸早已衝到場上，她媽媽則摀著嘴，眼淚直流，接著也從我面前小跑步下樓。

鍋蓋王就這樣在大家面前抽搐了整整四分鐘，沒有停過。原本只是手腳不聽使喚的顫抖和口吐白沫，後來狀況劇烈到咬了自己的舌頭，以至於雨棠和梁爸爸需要拿衣服讓他咬住，不然後果不堪設想。

我仍然站在觀眾席，雙手狂抓著頭髮，心裡吶喊著：爲什麼救護車還不來？

等到救護人員拿著擔架把鍋蓋王抬離現場，全場才逐漸回過神，有人自動就位指揮通道，有人自告奮勇排開椅子，但私語聲依舊在耳邊大肆喧擾。我趕緊跟了過去，他爸媽跟著擔架上了救護車，離開前要我和雨棠在醫院見。

救護車門關上開走，現場只留下警報訊號聲。

我和雨棠在計程車上一句話都沒說，車內只有廣播節目在報路況，我們都不知道怎麼會發生這種事，還處在驚嚇中。一路塞車到了醫院，他們幫鍋蓋王打了點滴，讓他鎮靜下來，之後做了一海票的檢查，結果報告出來竟然是：找不出原因。

沒有人知道爲什麼鍋蓋王會突然癲癇發作，問了好多醫生都說這種事很難講，有可能是壓力，也有可能是腦部某些化學作用，更有可能是他長期運動讓身體負荷不了，但醫生對每一種可能都不敢打包票。

鍋蓋王的癲癇事件不只上演了一次，之後又上演了兩次，最後一次的發作整整八分鐘，等到他再次從醫院出來，教練含著淚水勸他離隊，這才讓鍋蓋王把籃球鞋收進鞋盒，放進櫃子深處。

這一共耗了他一年的時間。反反覆覆從低潮爬到正常值，卻又無情的被再次發作輾在腳下。疾病的確有摧毀一個人生活質量的能力，但更容易摧毀的，是一個人的自尊。

這一整年，他的粉絲團人數從將近五百多人降到一百人，又從一百人降到三十多人。我也是其中的一員，目睹粉絲們從熱烈鼓勵到必須離團的流淚貼圖，覺得很諷刺、很做作。如果真的想鼓勵他，何必流淚離開？這是我看過最沒意義的留言。一氣之下，我建議雨棠乾脆幫他關掉粉絲頁，免得他看了不好受。

「你看不下去可以自己離開，但我不會關掉的。」

那是我和雨棠第一次吵架。

後來我的確離開了粉絲團，但我沒告訴她另一個可怕的傳言……學校裡有人無聊沒事做，私底下揣測鍋蓋王的病因。

絕症、吸毒、被下咒、上輩子的債、傳染病。

還有更令人作嘔的謠言，說他得了漸凍人的病，過幾年就會惡化。

每一次我聽到這些就會下意識往附近張望，確保他們兄妹倆不在場。如果我是在網路上看到有人討論，我會趁到雨棠家的時候，借用電腦封鎖這些網站，我還曾經駭進他們的帳號，用力按下「刪除」，確保他們永遠不要再看到這些垃圾。我不懂爲什麼會有人想公開討論這種事情？爲什麼「良心」這兩個字在他們的觀念裡，不包含爲人著想，不包含同情心與同理心？在一個證明存在感的網路國度，大家不斷的把言語自由與言語霸凌畫上等號，還自以爲文筆絕佳。

我輕蔑的刪除我所有網路帳號，關上電腦，眼不見爲淨。

第六章

河川這一次沒有看著我。他站在分岔支流的大石頭上，仰頭看看左邊的枯樹，又轉頭欣賞右邊的叢林。

每次想起關於鍋蓋王的那段回憶都會感到心酸，卻總忍不住拿起來回想。但我認爲沒關係，就把它拿起來想個夠，想完後深呼吸，慶幸這次想得很澈底，然後距離下次再打開思考的抽屜會隔個一陣子。

「那段時間，鍋蓋王的心理狀態如何？」河川認眞的看著我。

「就那樣。」我聳聳肩，「時好時壞吧！」

最後的「時壞」其實維持了很久。

他的個性一向陽光正面，剛開始還得由他來安慰家人，笑著跟我們說：「英雄總是有苦難，才叫英雄！」然後露出他一排潔白整齊的牙齒，還有那一對小酒窩。大家都以爲他只是一次性的發作，好好休息，這一切都會成爲過往雲煙，將來出自傳還可以拿這件事來訴說自己如何打敗心中的陰影，從失敗中站起來，繼續成爲耀眼的籃球員！應該會是一本暢銷書。

但這樣的英雄故事沒有如期進展。之後三次的發作，一次比一次嚴重，導致他一蹶不振，休學一年，生活幾乎失去了重心，就連九又四分之三的聚會都不再現身。我試著在他旁邊陪他聊天，轉移他的注意力，還獻上書櫃裡所有個人典藏漫畫，說些風馬牛不相及的小事，偶爾他的嘴角也會上揚，但我看得出來他內心那一團死結依舊沒有解開。

河川等我想完，偷偷嘆了口氣。

當然，他肯定知道結局。我姑且還沒空揣測他到底是神，還是天使、幽靈或良心之類的「東西」，但我猜他知道很多事。甚至包括我不知道的事。

「河川，請問……他後來好嗎？」

「你沒有試著找他嗎？」河川的語氣有挑戰的意味。

換我偷偷嘆氣。在「那件事」發生以後，我跟雨棠常常爲了她哥哥的狀況三天大吵兩天小吵，原生家庭的氛圍不同，面對事情的處理方式很自然會有很大的差異。最後我們決定既然要在一起，就得約法三章，不再討論她哥哥的事，最好連提都不要再提。鍋蓋王知道我和雨棠的爭執，居然選擇退出我們三人的小圈圈，然後選擇帶著他的低潮獨自踏上曠野。

我和他最後一次近距離談話，是在小溪旁野餐。雨棠安排我們三個一起到戶外踏青，她想，或許看到大自然的景緻，會令她哥哥豁然開朗，搞不好鍋蓋王會突然覺得生命短暫，要好好把握當下，把痛苦當作成功的踏腳石。我不得不佩服雨棠的用心良苦……有些天真，但心意到位。

那天，雨棠在草地上準備野餐的食物，要我帶鍋蓋王到處走走。我們在河流中的石頭上一路跳躍，跳到靠近瀑布的地方停下。他蹲在石頭上，把手伸進流水，享受水流過手指的輕快感。這些水好像附著某種神力似的，他洗把臉，讓水沖去苦悶。突然間，他看著我微笑，露出酒窩，要我也跟著蹲下做同一件事。好不容易看到他久違的笑容，我當然立刻照辦，我的手指感受到流水的清涼，而且那種清澈見底的模樣，很自然的就想撈起一口水來喝。

我和鍋蓋王看著對方，浮現好久不見的輕鬆，居然笑出來。兩個男人就這樣一邊洗臉，一邊大笑。我可以感受到他的肩膀卸下千萬斤重擔，每根骨頭都得到舒展，每塊肌肉都被鬆開……雨棠是對的，大自然果然有一種神祕的力量，讓人忘卻窒息的黑暗，注入生命的清涼劑。

只不過好景不常，我們耳邊清楚的聽到一段對話，像是蝙蝠在白天出現，來錯了地點，出錯了時間。

具體的話語我沒聽清楚，也希望他沒有聽清楚，但光是聽到的那幾個字就有足夠的殺傷力斷送這一段療癒之旅。

「鍋蓋王……我碰到他的手，……會不會……奇怪的病啊？唉唷……」

「所以在這裡……溪水……洗一洗……」

就這樣。我依然蹲在石頭上，心裡嘀咕老天爺太會選時間，順便拜託祂讓鍋蓋王耳背。但隨著那兩個人現身，鍋蓋王便起身看著他們，我知道大勢已去，來不及了。

「對、對不起……」

兩個人拔腿就跑。

鍋蓋王低頭看著流水，望著眼前的瀑布，有種絕望的神情。我一看不對，趕緊把他拉回來，說雨棠已經準備好食物了，趕快回去，今天有好吃的炸雞和果汁，我們假裝是韓國明星來個浪漫之旅吧！

鍋蓋王把我甩開，跳上另一塊石頭，踏回草地，頭也不回的往山下衝。我和雨棠慌忙收拾準備好的餐點，跟在鍋蓋王後面，回家一路上都沒有人吭聲。他把自己關進房間，房門反鎖。我和雨棠敲了將近一個多小時的門，他才說：「我想一個人靜一靜，可能會很久，你們先過兩人世界，等我好了再說。」

房門沒有打開，只傳來他最愛的樂團「年輕歲月」（Green Day）的歌曲《等到九月結束時，再叫醒我》：

夏天來了又走
無法永遠當個純眞的人
等到九月結束時　再叫醒我
鈴聲再次響起
就像我們在春天來臨時所做的一樣
等到九月結束時　再叫醒我
當我的回憶開始停止
我還是無法忘記那些我所失去的事物
等到九月結束時　再叫醒我

又是這首歌。

在我爸爸去世後的某一年，我和鍋蓋王在街上閒晃，又看到郵差的背影。雖然還是會被那套制服給打亂呼吸頻率，但我學會忍住情緒，控制淚腺。回到他家之後，鍋蓋王給我一臺iPod，說是裡面有適合一個人聽的旋律。我回到家關上房門，在書桌前把耳機戴好，一按下箭頭，就是這首歌，裡面有一段歌詞寫著：

就像我父親一樣　來到這個世界上　然後離開
七年的時間過得真快
請在九月結束時叫醒我

雖然我爸爸離開還不到七年，但他也是在九月去世的。

我知道「等九月結束時，再叫醒我」的感覺。那段最難受的日子，可不可以讓我在沉睡中進行，跳過感受強烈的起伏，然後醒來一切就已經結束，馬上重新開始？

我默默離開他們家，房門內的音樂越來越大聲。

最後一次聽到鍋蓋王的事，是我上大學後。某一天雨棠輕描淡寫的告訴我說，她哥哥已經去了美國，適應得很好。一聽到他到了別的國家，我反而替他鬆了一口氣。能到新的地方重新來過，或許會爲他帶來新的視野、新的未來。

之後我跟雨棠分手，就再也沒有他的消息。

「他很好，」河川點點頭回答，然後帶點挑釁說：「比你好。」

河川說完後往前走，頭也不回。我跟著踏上石頭，假裝自己有輕功，心裡有股莫名其妙的問號，心想他剛剛那樣說是什麼意思啊？我有很不好嗎？

走到一半，我聽到前面巨響的水聲，令我打起哆嗦，連腦筋也活絡起來，沒想到昏迷中，身體的每個細胞依然活躍，甚至更清醒。

沒錯。我現在陷入半死不活的昏迷狀態，他的確比我好。

河川對我這個半抱怨的答案感到無奈，搖搖頭。

「所以河川，下一關是跟鍋蓋王有關，對嗎？」我停止腳步。

河川回頭說：「是。」

說老實話，我想不出當時還能做出什麼選擇。我敢拍胸脯保證，身爲好友，我眞的盡全力陪伴他，減低他的痛苦。

「你其實可以說出你的想法的，小安！」河川說。

「啊？我……我有啊！」

「你沒有。你大部分都在心裡說。」

又是那個擾人的讀心術。他講的也沒錯，內心戲是我的強項。我指的不只是演戲，個性也是如此。

「老實說，」河川苦笑，「我覺得你很像……河流。」

他手伸出來，指向前方的潺潺水流。

「什麼意思？」

「溫順，沒有太多意見，碰到問題就繞過去。」

我看到流水滑過擋路的石頭，毫無異議。流水沒有異議，我也沒有。

從來沒人這麼形容過我，不過像河流，也沒有什麼不好吧？

我跟著河川繼續邁向震耳欲聾的水濤聲，眼前支流已經消失，換來的是傾瀉直下的一片空曠。

「是瀑布！」我心裡大叫。

從氣勢磅礴的水流聲來看，這應該是我遇過最浩大、最壯觀的瀑布。我被這股氣吞山河的場面嚇得雙手抱胸，身體發出一陣寒意。

我再仔細一看，總覺得這個地方似曾相似，連氣溫、味道都很熟悉，水聲也很耳熟。不會吧……

這不是普通的瀑布，是「那一條瀑布」，是當年我和鍋蓋王最後一次談話，試圖讓好山好水啟發他，讓水聲與鳥聲敲醒他，讓帶著泥土味的微風帶出他的酒窩、讓流水滑過手指的那一天。

第七章

「這不是模擬關，也沒有河川在身邊，而是正式的第一關，正式的第一關……」

我不停的提醒自己，說了起碼幾十遍，等到做好足夠的心理準備才敢抬頭。舉目望去，鍋蓋王果然在河流的另一端看著瀑布，背影充斥著某種說不出的落寞。一模一樣的景象，卻因爲此刻動機不同，顯得每個動作格外複雜。

鳥聲依舊喧鬧，秋意的寒冷有種侵略感。鍋蓋王蹲下來，一手撈起河水往臉上抹，甩甩頭，露出他的酒窩，看著我微笑。

好令人懷念的笑容。

因爲知道後來發生的事，所以從谷底爬出的此刻更値得珍惜。如果眞的可以重新來過，可以爲鍋蓋王做些什麼，我希望他維持現在的笑容，回到意氣風發的年代。

我腦袋裡的齒輪開始轉動，思考下一步該怎麼做，並重複一次當年的情景。

待會那兩個殺風景的人會說出不堪入耳的話，鍋蓋王聽了之後跑回家，從此一蹶不振，不再和外界有交集，甚至休學。對，是這樣沒錯。

那我該怎麼做？簡單。

「喂，雨翔！」我大叫。他八成看到我嚴肅的表情，收起笑容，擦擦臉上的水滴。

「我跟你說，我覺得……」我往後頭看，有點慌張，「你聽我說，我們必須離開這裡！」

他覺得有點莫名其妙，往我指的方向望去。

「喔。」

我用最快速的腳步踏上另一塊石頭，三步併作兩步跳躍到距離十公尺遠的地方。鍋蓋王原本就是運動健將，很快就跟上。我原本覺得差不多可以躲過那兩個人，但想想又覺得不妥，加上我們兩個都跑得很快，乾脆繼續拉開距離。鍋蓋王看我像逃難似的往前飛奔，忍不住停在原地拉大嗓門。

「你是想跟我比賽啊？幹麼跑成這樣？」

「很難跟你解釋，但你要相信我！」

因爲他沒跟著我跨步飛奔，我幾乎得用喊的。

「相信你什麼？」他開始有點不高興。

「相信我……會做對你有幫助的事！」

「幫助？」

我看見鍋蓋王的眼神閃過一絲不屑的氣味，我頭一次看到他露出這樣的表情。

「小安，你什麼時候這麼想幫助我啊？」

周圍強大的水聲為這句話畫上很長的問號。

「什麼意思？」我有點詫異，甚至感到被責怪。不過話說回來，他才經歷「那件事」沒多久，應該還在怨天尤人的情緒中，有這樣的語氣也很正常，可以理解。

「你這個人不會……」他只講到一半，就被一些雜音給壓下。

我一回頭差點沒暈倒，當年的那兩個人就走在我們不遠處。我們站的石頭在河流中間，他們就在我右手邊的上頭走動。由於那裡地勢比河流高許多，所以除非他們刻意往下看，不然不會看到我們。剛好這裡的水流聲十分巨大，這兩個人幾乎用盡所有力氣在對話，連上次我沒聽到的幾個字，這次都聽得一清二楚。

「我跟你說，昨天我跟鍋蓋王同一組，天啊，我碰到他的手，不曉得會不會得到他那個奇怪的病啊？唉唷……完蛋了啦！」

「哈哈哈哈，你有沒有回去消毒啊？不然你也會口吐白沫全身發抖，像這樣……」

不用看也知道，他肯定在學鍋蓋王抽搐的模樣。

「所以我們今天剛好來這裡爬山，下面溪水超清爽的，你趕快洗一洗手，搞不好有機會復原。」

我立刻飛奔衝向鍋蓋王，但他早已用矯健的步伐衝到這兩個人面前，順便捲起袖子，滿臉通紅。這兩個人嚇得一個半蹲在地，另一個拚命擦汗。等我趕到現場，鍋蓋王已將其中一個人的領口抓到臉前，咬牙切齒準備破口大罵。其實這個人還沒等到鍋蓋王開口，他已經淚流滿面，要鍋蓋王原諒他的無聊行爲。

我內心有一籮筐的後悔，外加難以負荷的絕望，我知道這次沒做出正確的選擇。我的目的是要鍋蓋王略過這兩個無知的人，不要讓他聽到這些傷人的話，可是他現在不但聽到，而且聽得一清二楚，還讓鍋蓋王直接對兩人揮起拳頭。

到底是哪裡出錯？跑得不夠遠、飛奔速度太慢、更重要的是根本不應該停下來聽鍋蓋王耍脾氣，這樣他就不會怒氣沖天，而是滿臉陽光、眼裡會有漫畫版的星星月亮太陽，笑著說明天一定會更好的流川楓。

我嘆了一口又臭又長的氣，痛恨自己怎麼會背著柴薪去救火，越幫越忙？唉，宋宥安，這下你沒有通過第一關，離甦醒的距離越來越遠！

正當我眼睜睜看著鍋蓋王的拳頭重擊對方，我突然發現眼前三人的身影僵硬起來……從頭頂到肩膀，從手臂延伸到腳，全都變成石頭！這是怎麼回事？

瞬間，一個熟悉的黑色長袍身影閃過我眼中，他緩緩走近這些石雕，近距離觀察他們的表情。是河川。看來這一關已經告一段落。

我跟著河川繞過雕刻版的鍋蓋王，居然有些「欣賞」他這次的衝動，剛硬中不失適度，而非完全仗著拳頭恐嚇。鍋蓋王一向不輕易動手，就算動手，也很有深度。如果這是根據他內心而刻劃的雕塑，這位藝術家肯定百分之百了解他敗麟殘甲滿天飛卻以大度兼容的氣度。

「因爲山銳則不高，水狹則不深。」

長袍搭配這種古詩，很適合河川，雖然我根本聽不懂。

「意思就是山若太尖就不會太高，也不會雄偉；水流若太狹小，也不會太深，更不會廣闊。」

河川沒打算等我舉手發問，揮出強而有力的手，好像打太極一般，示意要我跟他在河堤上散步。

「我沒通過這關，對嗎？」我問完斜眼看他，心裡偷偷希望他給我驚喜。

「我們先來談談一些問題。我想知道你剛開始的解決方法是什麼？」他顯得很有耐心，步伐很慢。

「喔，我想避免碰到那兩個人，只要鍋蓋王沒聽到他們說的話，應該會越來越好。」

「所以你的方法是要避免聽到這兩個人的閒言閒語。」

我點頭。

「你認爲只要不聽到這些傷人的話，就是對付他們最好的方式。」

我想了幾秒，沒錯，再次點頭。

四周因爲前面的瀑布而風生水起，河川的長袍隨風而動，飄逸於腳步間。

不知道是不是因爲這一關已經結束，無論有沒有通過，對河川來說似乎都不再是重點。他的臉不再正經八百，多了一抹來自陽光的微醺。

我停下腳步，忍不住確認自己的「戰績」。只是河川還是沒有正面回答，繼續挖掘我對這件事的看法。那些時間緊迫的前提，好像現在對他來說都不存在。

「小安，」他的眼神散發出同情，「我跟你說過，你像一條河流，隨著水流而前進，碰到石頭很自然的分岔，無論是左或右，都沒有異議。你一生都像一條河流，好聽一點是順勢而爲，難聽一點……」他突然雙眼盯著我，「人怯馬弱，不習之過。」

什麼意思？

「河川，你突然說出一連串詩句成語什麼的，很有詩意，我雖然聽不懂最後那一句話，但是我知道在說我軟弱，對吧？」

我有些不爽。他笑了笑，雙手背在後面。

「當人經歷過心痛，就會開始變成一個詩人。詩詞眞是古人最美的表達方式。它含蓄，但一針見血；它也可以很強勢，但溫柔留餘地，好讓你思考。」

我眞的覺得河川就是活在幾千年以前的古人，但話說回來，在他身上除了一身長袍，沒有一點陳舊的氣味，倒有一些智慧和寬容，有點像《哈利波特》裡的鄧不利多。雖然我不爽，但必須承認這是事實。

「每個人都有自己的個性，可能有些人選擇用強硬的態度或力氣和不理智來處理事情，但那通常會帶來反效果。面對爭執……」我義正詞嚴，「最好的方式就是不加以理會。不把負面情緒交給對方，就是占了上風。」

「我知道，你這點跟你爸爸很像。」

我沒說話。河川坐在石頭上，雙腳盤腿，提到我爸爸的語氣好像跟他很熟。我吞口口水，想了一會兒。他講的沒錯，我爸爸也是這樣；他從來沒有與人有過爭執，也沒有太多起伏情緒。有時候我會希望他有一點脾氣，會跟主管拍桌或者帥氣的丟出辭呈，騎上機車到山上欣賞海洋……但那是漫畫主角才會做的事。

「所以河川，我想知道，如果我沒有通過這一關，我到底做錯什麼選擇？」

我心想，既然問了他幾遍我有沒有過關，他都不正面回應，乾脆直接用我承認失敗的句子反問他。

這招果然奏效。

「講到這裡，我想是時候要送你一個『啟示』了。」

「啟示？」

「對，每一次遊戲者沒過關，守護者都會在最後送出一個『啟示』，希望對他闖下一關有幫助。」

我的確沒過關。唉，倒是我和河川從現在開始的對話，打開了「他到底是誰」這個謎團。原來他是我的守護者，簡單來說，就是幫助我闖關的人。他說每一關都會有一個守護者，而且這個守護者跟遊戲者有某種關連，就好像他老是掛在嘴上的那一句：「你很像一條河流」，而他，就是河川。

「所以你是一條河流……等一下，你是河神之類的嗎？」

河川覺得很有趣，一直搖頭。「何必花時間來定義我們？最重要的，應該是你，你的時間。」

又是時間。他從盤腿的姿勢換到蹲馬步，雙手運氣，每一個舉手投足都有分量，看著他打太極，是一種享受。

「好，所以你要給我的啟示是？」

「聽好了，小安，」他運功後，用手指比出一，送至我眼前，「啟示一，這個遊戲無論第幾關，無論你如何選擇，就算你做對了選擇，結果都不會改變。」他吐口氣，「黑皮無論如何都會出事，鍋蓋王無論如何都會癲癇發作，這兩個人無論如何都會講閒話，而且無論如何，你們都會聽到。」

我再次覺得自己被耍了。如果這些都不能改變，那是要玩什麼？

「所以回到你這一關，你們無法避免聽到這兩個人的對話，也就是說，你的選擇本來就會是錯的。這個遊戲能夠改變的，是當事情發生時的態度。」

河川把雙手放在身後，炯炯有神的目光搭配著瀑布聲，那是掌握一切局面的人才有的氣勢。我非常確定他擁有這些水，而且是是掌管河流的人。

我沒有說什麼，心裡不自覺升起一股敬意，我知道他會繼續往下說。

河川笑了笑，他一直知道我的OS。

「這麼說吧！你對這整件事的態度，都不正確。」

「你是說，我對鍋蓋王發生的這些事？」

河川想了想。「不是發生的事，而是他。是你回應他面臨這些事情的態度。」

「你是指……我到他家把網路上那些惡意的留言偷偷刪掉，還有以身作則退出粉絲團，然後在他面前不討論這件事，勸他不要再鑽牛角尖……」

河川大概知道我故意把做過的事拿來邀功，爲自己辯解。原本我以爲他會稍微美言幾句，起碼來個安慰也好，沒想到他繼續刺破所有的氣球。

「你知道他正面臨言語上的霸凌，而你要他假裝沒聽到，沒看到？」

霸凌？拜託，哪有這麼誇張！

「小安，」他馬上插嘴，「鍋蓋王面臨的就是霸凌。如果你不接受這個事實，那麼我們得要倒退更多步，共同來討論這個詞彙的含義。」

河川認眞「讀」我的思緒。霸凌這兩個字對我來說，是屬於A學生跟B學生要錢，不然就會把他帶到垃圾桶旁邊拳打腳踢；再不然就是A學生吆喝一群人用食物丟B學生，只因爲B學生是個書呆子或是個好欺負的對象。總而言之，在我印象中，霸凌這兩個字是肢體上的欺負才對。

但河川說我的見解很「老套」。被一個身穿長袍又愛引經據典、善用詩詞的氣功師父說「老套」，實在不怎麼光榮，我心中有些不爽，但很快的再度被他打斷。

「只要受到別人惡意的傷害，造成心裡的創傷，基本上就是被霸凌。可以是肢體，可以是語言，可以是文字，甚至網路。」河川說，「你覺得鍋蓋王沒有被這些謠言傷害嗎？」

這句話讓我的心臟冷不防垂直落地，整個人跌坐在石頭上，連我一隻腳掉進水裡都沒感覺。但河川沒有打算停止。他蹲在我對面的石頭，眉頭再度鎖緊，甚至有些憤怒。

「宋宥安，其實你是知道的，只是你不想承認，不肯面對！因為一旦承認你最好的朋友被霸凌，你不可能坐視不理，我說的沒錯吧？」

瀑布似乎被河川的怒氣影響，頓時水花四濺，整個場面的噪音令我開始不安。

「所以你選擇逃避。不是因為你不想鍋蓋王看見，而是你不想面對他看見後，你所需要做的事。」

眞是一槍斃命的結論。我開始討厭河川，討厭他的切中要害，更討厭他講的好像有一點點是事實。我感覺小鹿在我胃裡亂竄，搞得我有點想吐，更想扳回一城。我決定起身面對河川，跟他討公道。

「難道你要我爲他打架？籃球場上這麼多人，我要怎麼替他解圍？還有，網路上的留言要一個個罵回去？然後那兩個人……是要我跟剛剛那個鍋蓋王一樣，捲起袖子揍人嗎？」

我振振有辭，哪有人會建議未成年青少年打架的？如果這種事被我媽知道，她八成會要我不要蹚渾水，顧好自己的安危最重要。

我敢打包票，百分之九十的家長都會這麼建議自己的孩子，就算沒有百分之九十，應該也有百分之八十以上。

河川又丟出下一個問題：「當年你跑到學校門口看郵差的機車，也有同學笑你，那時鍋蓋王是怎麼回應這件事的？」

這個問題的確封住了我的嘴，但河川不打算停止。

「很抱歉，我必須向你直白的說，如果霸凌事件就發生在你身邊，你卻假裝沒看到，那麼……」他有些憂傷，「你也是霸凌者之一。」

我張開嘴想反駁，立即被他制止，河川接著往下說：「因爲，你『選擇』讓這件事繼續發生在他身上。」

河流輕輕的滑過我腳上的石頭，我的鞋子被流水洗淨，鞋帶也一併弄溼。我低頭看著鞋子，不發一語。

我也是霸凌者之一。這是河川給我的結語。

我很想爲自己申辯，但河川講的並非完全沒有道理，我像是被人打了一拳。想想自己眞是沒用，一個霸凌者獨自在這裡懊惱，對自己的行爲感到可恥，對鍋蓋王有千萬個「千金難買早知道」。

我看到腳底下的河流安靜的流動，依然沒有異議。

「我帶你去一個地方。」河川微笑。

我們一起走向水聲的方向，直到聽見瀑布聲變得清晰才止步。他指著前面的瀑布，要我閉起眼睛。

「你不會是要推我下去吧？」

河川哈哈笑了，低沉的笑聲很悅耳。

「相信我，就算推你下去，你也醒不過來。」

也是。我閉上眼睛，感覺到他的手搭在我肩膀上，腳底踏不到地，只有一陣輕飄飄的風吹過臉頰，水瀉聲盈滿耳中，水花濺上臉頰。等到我再次睜開眼睛，我和他已在瀑布底下。我抬頭看著眼前的水瀑傾瀉，十分宏偉壯碩。

「很多人認爲瀑布只是景色，其實瀑布對水潭的形成、河流分支，以及運送樹木和生物所需的水源，都占了很重要的角色。它還可以發電，對你們來說，這是最重要的。」

我點點頭。從平緩幽靜的河流到雄偉澎湃的瀑布，也就不到幾分鐘的距離，同樣都是水，居然如此截然不同。

「沒錯！」河川拍拍我的肩膀，「小安，河流可以安逸順勢而爲，但也可以成爲豪邁雄奇的瀑布。」

河川突然雙手舉起來，手掌往上。我注意到身旁的水珠竟然一粒粒往上升，風起雲湧，令我幾乎無法站穩。水珠結合起來成爲強而有力的水瀉，一道又一道在我們身邊環繞，速度之快，好像置身於旋轉瀑布當中。

「我希望你知道，你雖然是河流，但是河流有權利成爲瀑布！」河川大叫。

直到他一撇開手，水珠順勢而下，水花紛飛，然後「啪」一聲著地，又回到安逸的流水。

「這也是你的義務。」他一手按住我的肩膀說。

「但是，河川，」我感到有些焦躁，「不是爲了過關或狡辯，但我需要知道，當時我還能做什麼？打架還是……還是破口大罵，或是在網路上回擊？但那實在不像我的作風，除非跟老師報告，但那又很瞎。所以，到底怎麼做才對？」

我是認眞的想要知道。

河川把手放下，模樣自在。

「都可以。」

「都可以？沒有正確答案嗎？」

「只要你用你的方式挺身而出，」他側著臉，有些同情，「總比什麼都不做好。你要知道，勇氣有很多種，我們需要非常大的勇氣，才能站起來反抗我們的敵人，但要反抗我們的朋友，同樣也需要非凡的勇氣才能做到。」

是鄧不利多的臺詞！那是《哈利波特》裡，鄧不利多說過的話。

河川果然就是鄧不利多。

意思就是，不管做什麼，都比之前我選擇的消極回應來得好。

河川聽完我的OS，像孔子因著無知的學徒突然開竅露出滿意的表情。

「有時候，你只需要十秒鐘瘋狂的勇氣，就可以救一個人。」

還來不及等我繼續發問，他提起手，張開拳頭。

裡面是一枚金幣。

「這是什麼？」

他將金幣拿到我面前。

「送給你的。凡是沒有過關的人，都會得到一枚金幣。」

「是安慰獎之類的嗎？可以買東西嗎？」我半開玩笑，其實在抱怨。

河川也笑了笑。「我希望你不會用到，因爲那表示你順利過關。但如果沒有，那麼……你會需要它的。」

我想起電玩裡，每次都要玩家收集金幣或香菇之類的道具才能兌換武器，這枚金幣該不會也是這種玩法吧？

河川的眼神告訴我他即將離去。好不容易有一個「守護者」，而且已經建立起某種奇妙的關係，現在這樣分別，是不是有些殘忍？

「放心！」河川說，「每一個守護者，都會盡力幫助你的。我想跟你說，在闖下一關時，別忘了啟示一……」

「無法改變事情的結果，只能改變態度。」我握緊金幣。

河川點點頭，對著我揮揮手，用手指著天。

我仰頭看見天空回到紫灰色。

「那個……」

河川已經不在這裡。我一個人獨自在岩石上，又回到最初那幅超時空畫作。

第八章

我感覺好像被人打了一頓，心裡都是瘀青，發腫發脹，痛苦不已。

一旦被冠上「霸凌者」這個頭銜，就恨不得再回到瀑布下，讓水流沖淨內心的汙穢與殘缺。我坐在懸崖邊，這次雙腳就算晃來晃去也沒空懼怕，心中的吶喊迴盪，空洞到有點悲哀。

我想起鍋蓋王最後一次回頭看著我的眼神。當年他被那兩個人嘲笑後，在離開前回頭看了我一眼。

那會不會是一種求救的信號？然後我這個所謂好朋友竟然無動於衷，非但沒接住信號，還刻意壓抑他所有可能爆發的求救發射器。我感到一股羞恥的情緒，我算是什麼好朋友？

我腦中響起河川說的那一句：「我們需要非常大的勇氣，才能站起來反抗我們的敵人，但要反抗我們的朋友，同樣也需要非凡的勇氣才能做到。」那是《哈利波特》中，鄧不利多讚賞奈威阻止哈利三人，挺身而出的珍貴勇氣所說的。

鍋蓋王也曾經爲了我站出來，阻止那些搞不清楚狀況就嗤之以鼻的惡行。而我既不是榮恩與妙麗，更不是哈利波特，勉爲其難就只是個「哈利波特粉絲」。讀了這麼多遍，知道書本裡所有的細節與魔法咒語，也跟著主角們面對挑戰，陪伴他們從谷底攀上高峰，爲著他們的勇氣鼓掌……

卻只是個旁觀者，而非應用者。

我想起雨棠送我的另一句話：宋宥安的專長是紙上談兵。

越想越覺得自己的失敗指數比想像中高很多，內心深處升起另一股罪惡感，看來我根本不值得再次甦醒，或許我的昏迷對許多人來說是種解脫！

搞不好有人現在正在醫院看著我，偷偷跟旁邊的人說：「不是不報，只是時候未到。」然後旁邊的人回應：「看來現在是時候了。」

說完後，兩個人討論待會要去哪裡喝咖啡，順便買個外賣。

「喂，你思考完了沒啊！」

一個幼稚的聲音打斷我的想像。

我一回頭，看到聲音的主人騎著馬。這匹馬是雪銀色的，頭上長著鹿的角，每一隻角的根都茂盛到幾乎快比馬的臉還要大，令人卻步。或許是因為騎在那匹馬上的是一個小孩子，所以更顯得牠特別高大；也或許是頭上傲氣的鹿角，所以顯得牠的眼神格外銳利，直衝著我的雙眼。

我終於看清楚坐在馬上、剛才聲音的主人，發現是一個十歲左右的小女孩。她有一頭漂亮到無法形容的銀白色頭髮，那是一種尊貴的顏色，長度及肩，她頭髮的厚度，也就只有十歲左右的生長激素才呈現得出來。

「宋宥安，你剛剛沒過關。」說完後，這個小女孩笑了出來，「還押韻耶！」

天啊，我已經很慘了，還得在昏迷中被一個十來歲的小孩取笑。

沒想到她馬上反擊我的OS，順便拐個彎笑我。

「我看你心智年齡也差不多跟我一樣！你其實還沒長大，宋宥安。」

我懶得跟她扯。

「請問……你是不是要帶我去找我的守護者？」

「守護者？是河川這麼跟你說的嗎？」

不會吧！這個小朋友連這裡的標準流程都搞不清楚！我有點慌，明明知道河川不在，還是忍不住左右上下搜尋了一遍，試著找出他的蹤跡，然後麻煩他指點這位小朋友這些規則。

「正確的說法，應該是老師。」她的聲音雖然稚嫩，卻中氣十足。

這匹有著鹿角的馬緩緩走過我面前，我才觀察到她身上穿著一套看似用來打仗的盔甲背心，而且這套盔甲設計得很前衛，說是中式也對，說是西式也行。唯一符合她年齡的配件，就是她腳上的那雙紫色長靴。

「OK，守護者、老師……不管是什麼都無所謂，所以你要帶我去見他了嗎？」

「嗯，我考慮一下。」

這就是跟小朋友交手的後果，永遠牛頭不對馬嘴，只能跟著他們天馬行空的邏輯轉。

「好啦！」她露出得意的臉，「別那麼緊張啦！不過，你得坐到我後面，我才能帶你去找他。」

事不宜遲，我馬上試著跳上這匹白馬，才驚覺原來這匹馬的高度根本連籃球明星都跳不上去！她伸出手，釋出善意，我扶著她又細又短的小手，終於成功攀上，但還來不及喘口氣道謝，這匹白馬立刻往懸崖的方向飛奔，速度比跑車還要快。要不是那一坨茂盛的鹿角擋住我的視線，我的嘔吐物應該已經灑遍全身，八成連小女孩那頭銀色頭髮也遭殃。

白馬的速度並沒有因爲快到懸崖邊而減速，反而持續加速。我閉上眼，任由地心引力無情的拉扯，整個人浮在半空……等到我身體恢復平衡，睜開眼睛，發現自己身處一座森林。

更恰當的形容詞，應該是童話森林。

這裡綠葉蓬勃，樹和樹之間像是有一種默契似的緊密連結，整座森林就是一片大海，完全看不到天，只有幾道太陽光隨著葉子映照到地上，還有一股樹木散發出的原始氣息。不知道爲什麼，我的內心充滿了無比的安全感。

小女孩依然坐在馬上，任由我到處走動，似乎很能理解我的感動，甚至在欣賞我的欣賞。

「所以，我的守護者……喔，不對，老師，我的老師會在這裡嗎？」

「他住在這裡。」她從白馬上跳下，走到我身邊。

我肩膀因著這個答案而放鬆，整個人感覺輕盈了起來，很自然的將兩隻手掌貼在樹上，聆聽樹的心跳。這是爸爸常常會做的動作。他說，每一棵樹木都有心跳，每一棵樹都有個性。他說，當你感受到這棵樹的溫度，就把臉貼在凹凸不平的樹皮上，零距離和它互動，會湧出難以言喻的敬意。

銀髮小女孩也學我把臉貼近樹皮，閉上眼，跟著我做出爸爸的指定動作。

現在想想，大概是樹皮的皺褶令人聯想好幾百歲的老人家，而且這位老人家高聳入雲，就算你對樹木沒感覺，都會因著一層厚厚的樹皮而產生莫名的敬意和感謝。

「我第一次看到有人這麼喜歡樹。」小女孩的臉依然貼著樹皮。

「不是我喜歡，是我爸。他還在的時候，有一段時間會帶我到森林露營，介紹各種樹，然後做出這個指定動作。」

我又想起爸爸。他那副木訥單純，卻無來由熱愛樹木的性格，就連臉貼著樹皮的模樣都不會顯得誇張。每當我們父子倆做出這個奇怪動作時，我會偷偷張開眼睛，看著他嘴巴稍微上揚，閉起的眼皮微微抖動，好像所有的感動都用眼皮在交流。

如果他現在看到這一大片童話森林，肯定會抱著每棵樹，靜靜享受每張老樹皮的皺褶。如果時間可以倒流，我依然會偷偷張開眼，把爸爸微抖的眼皮印在記憶裡，偶爾拿來懷念一番。

說到時間，我突然想到，不是時間緊迫嗎？怎麼自己又開始神遊？怎麼這個銀髮小女孩完全沒有提醒時間的重要性？

「我知道，你在想老師在哪裡。」她臉離開樹皮，雙手擺到後面，「我去叫他出來，你等一下。」

我鬆了一口氣，終於。

她跑到一棵樹後，留下那匹鹿角白馬。我看著牠，牠看著我，覺得牠正在嘲笑我，又覺得牠在等待我被嘲笑。

沒幾秒，銀髮小女孩又從大樹出現，走到我面前，雙臂張開，嘴上掛滿笑容。

「噹噹噹，就、是、我！」

什麼跟什麼？

「我就是你的老師啊！」

「什……什麼意思？」

「我就是你的老師！好啦，你要叫我守護者也行，看你這麼不認同。不過我覺得應該是老師才對。啊，還有，」她鞠了半個躬，「首先，我很抱歉你會在這裡，也很遺憾你需要闖關。這是一個錯誤，不應該發生的。」

我整個人在錯愕中，很久才回神。

「那……你剛剛爲什麼不直接跟我說？」

「因為我看你一副沒把我當成一回事的樣子，所以不想讓你失望嘍。」

「那為什麼現在又說了？」

問完後，我覺得自己的語氣跟她一樣像個小孩。

「因為，」她放下雙臂，收到背後，「你的時間不多了，小安。」

她慢慢走到我眼前，表情嚴肅起來。

我想起河川。我認得那個表情，就是每當河川在強調時間的緊迫性時，才會有的嚴肅表情。

「我快不行了，對嗎？」我的聲音很小。

害怕聽到自己的生命被宣告即將結束，就好像害怕自己被丟進海裡，又冷又無法呼吸，連伸手划動都很吃力。

「喂！」她的臉距離我不到十公分，「別想沉入海底的畫面，想這個！」我朝著她手指的地方望去，是剛剛那棵樹。

OK，她真的是我的守護者，這是我的結論。

因為第一、她跟河川一樣有討人厭的讀心術。第二、她了解我的程度，跟河川一樣。

那棵樹的確給了我莫名的安全感，好像是爸的化身；沒有絢爛的外表，只有高挺又老舊的靜、沉、訥。

「所以，這一關，跟我爸有關，對嗎？」

她歪著頭說：「嗯……有關連。」

老天爺總會在你掉進谷底的時候，掀起你最不想回憶的事，然後要你直視它、面對它。

「還有就是，」她伸出手，「我叫做火林。」

第二部

火林

第九章

要依靠一個十來歲的小朋友來救命，的確要做好心理準備。

其實這不一定是一件壞事。因爲我竟然輕鬆起來，侃侃而談。她說話的選字和說詞就和普通小孩一樣，不像河川沒兩句就是詩詞歌賦，還經常劈里啪啦講一堆，讓我也跟著降到她的年齡層，說出一些我從未提過的事。

「我想從你口中知道你家人的事。不只有你爸爸，還有你媽媽。像是他們怎麼認識的，兩人的互動如何，有了你以後的變化，你爸爸去世後你媽媽的反應……」

例如這樣。每一句問話都很直來直往，我聽完翻白眼翻了好幾遍，她也不在意。

「我爸媽將近四十歲才結婚。」

她點頭揮手，示意我講下去。

「我爸說，他們是在郵局遇見對方的。」

「是你爸爸工作的地方耶！」

「對。據他說，自從他在郵局上班以來，一直知道媽媽這號人物的存在。當時她在附近上班，每天都會來幫公司寄信，但每天就這樣擦肩而過，沒有特別的火花。我看過媽媽當年的照片，戴著一副又圓又大的塑膠眼鏡，頭髮剪得短短的，身著路邊攤中等價位洋裝，是個每日到郵局默默報到的祕書。

「有一回地震，爸爸剛好站在媽媽旁邊，他反射性的雙手搭在她的肩膀，用力把她壓到桌下，自己也跟著躲進只夠擠兩個人的小桌子，於是人生的大地震也正式啟動。以我爸的木訥個性當然不會主動邀約任何人，更別提是女生，那一次桌下見眞情，已經是他的最大尺度。好在有一位路人甲，是我爸的主管。我沒看過他，據我爸的說法他們也不熟，只是一個看不慣他獨行俠身分的老先生。地震過後，老先生順手推舟打鐵趁熱，每天把我爸安排到櫃檯支援郵務，好讓我媽來寄信時，兩人有機會聊上幾句。當時我爸被搞得一頭霧水，明明他的工作是送信，怎麼突然被安排到櫃檯？更令人無言的是，就連這樣，兩人的對話依然沒超過兩句，永遠都是：『我要寄到臺南。』『十元，謝謝。』然後就沒了。接下來拿錢、拿郵票、找錢、離開。

「好在老天爺也看不下去，忍不住插手。有一回雨下得很大，媽媽在郵局門口站了一個多小時，郵局關門雨依舊沒停，還越下越大，突然有人從身後遞來一把傘，媽媽回頭一看，是爸爸。他們一路回到媽媽當時住的地方，然後媽媽好心請他到附近吃飯，終於有了『十元，謝謝』之外的話題。」

我想起爸爸跟我聊過媽媽，那時他跟我躺在草原上，望著天空回想：「我對你媽的第一個印象，就是她講話字正腔圓。第二個印象，她很像一株不小心長在大樹旁的小草。」

字正腔圓我知道，後來也因爲爸爸的一句建議，媽媽眞的跑去電臺報氣象路況，接著有了自己的廣播節目。至於「一株不小心長在大樹旁的小草」……

「像這樣嗎？」火林的問題把我從記憶抽回。

她站在一棵大樹旁，一半的臉被陽光映上一點一點碎光。她指著大樹下的一株小草，又長又彎，跟周圍的植物毫無相干，在曦微的晨光照射下，草色翠綠，但頂端有些枯黃。

「跟附近的人都不大對盤，好像事不關己，活在自己熟悉的空氣泥土和水，卻也就這樣過來了，」火林彎下腰，手指輕輕捏著草焦黃的部分：「只是活得不大精采。」

沒錯，火林果然跟河川一樣，對我的身家背景瞭若指掌。

後來爸和媽，兩個平凡無奇的老百姓結爲連理，從此過著柴米油鹽的日子，每天撕日曆、倒垃圾、付水電費，生活沒有太多的驚嘆號。

有趣的是，爸爸的出現卻讓媽媽平凡的小日子有了微微的波動。

她原本只是一個在老舊大樓的老舊辦公室用老舊電腦打著文件的祕書，因爲爸爸的出現，內心燃起小火花，讓年近四十歲的她開始會到百貨公司買化妝品，會在出門前照鏡子，也知道偶爾下廚是件可愛的舉動，牆壁上掛了一條碎花圍裙。她開始會五點不到就狂看手錶，也會搜尋好吃的餐廳，還會跟同事閒聊星座和男女大不同。

爸爸倒是沒有太大轉變。他沒有因爲認識了媽媽而有任何新年新希望，沒有添購新襪子或新刮鬍刀，更沒有因爲情人節快到而心跳加快手心流汗。他還是每天送信，每天吃便當，每天回到家敲打木頭。

很自然的，他們兩人的交往都是媽媽主動，包括去哪裡約會，去哪裡吃飯，何時要見父母，時間到了應該要結婚等，都由媽媽一手包辦，爸爸負責點頭。

「你的說法，好像你媽比較愛你爸，然後你爸就只好跟著她走。」火林開始爲我媽打抱不平。

「我剛開始聽起來也覺得好像是這樣，但是我爸說了一句話，推翻了我的想法。」

火林眼睛睁大，很想知道。

「有時候，車子不動了就需要被推一下。」

我爸是車，我媽是推車的那個人。

火林拚命點頭。「我知道我知道，就像車子需要燃燒汽油才能發動。」然後繼續說：「其實生命有很多時候都會停止不動。你知道嗎？」

有點文不對題，又是幼稚小孩的邏輯。

「生命有時候會停止不動，所以呢？」我挑戰這位自稱爲老師的小朋友。

「嗯，就好像那些傷心的事、生氣的事、後悔的事、丟臉的事……都會成爲汽油，然後讓你生命的汽車動一動。」

我沒說什麼。

每個人都有傷心的事，生氣的事，後悔的事，丟臉的事，就算成爲汽油，我的生命汽車根本沒在動。就算有，也動得很吃力，甚至煞車不靈往後退。

火林這次沒理會我的ＯＳ，牽著白馬要我跟她走進森林。

我再次被這座奇特的森林所吸引。這座童話森林的顏色很奇妙，從翡翠綠、湖水綠、碧綠、蘋果綠、墨綠、蒼綠……只要你能想出來的，這裡的樹上都有。雖然我從未來過這裡，但我肯定自己絕對是第一個來到這裡的人。整座森林鬱鬱蔥蔥，連一條林間小路都沒看到，絕對不是現實世界裡的場景。

「火林，請問你爲什麼要帶我來這裡？我們不是要闖關嗎？」我走在她身後，彎腰躲過垂下的樹枝。

一股清新的空氣撲鼻，是被陽光晒過後的味道。

我注意到右手邊深處一棵老樹正爲了生命掙扎，它被小花蔓澤蘭纏繞到瀕臨窒息。要是爸看到，肯定會走過去，伸出強而有力的手臂，把樹上的小花蔓澤蘭扯下來。我走到這棵樹前依樣畫葫蘆，學爸伸出手抓緊藤蔓。不過我的力氣有限，還沒完全拔下就摔了個人仰馬翻，嘴巴鼻子一起吃土。

火林看著我的狼狽模樣，噗哧笑了出來。

很難想像擁有「小花蔓澤蘭」如此優雅名字的植物，是危害樹木的第一殺手。只要被這種植物攀上，那棵大樹就會漸漸窒息、枯萎而失去生命。爸爸曾經一個人獨自爬山，然後下山扛回兩大袋的小花蔓澤蘭。對他來說，不除去小花蔓澤蘭，就是見死不救的行爲。他對樹木的那股熱愛，令人嘆爲觀止。

印象中，媽媽對於爸爸沉醉樹木的反應是睜一眼閉一眼，沒有介入太多。要不是後來從爸爸的口中得到另一段故事，我會一直誤以爲媽媽也舉雙手贊成。

但那是題外話。

「如果要我形容他們結婚後的生活，應該就是『和平相處』吧！」我拍拍身上的土，跟火林繼續抬槓。

對媽媽來說，爸爸的陪伴是一根不小心掉下來的魔術棒，在她身上撒滿魔術亮粉，讓與世無爭的小祕書突然願意放手一搏，遞出辭職信，踏上廣播播報員之路。一旦走上自己喜愛的行業，媽媽的個性越來越健談，整個人都煥然一新。她開始喜歡跟人聊起老公的事，兒子的事，婚姻的事，那些人妻良母會有的話題，都樂意參與，成爲一種幸福女人的印證。

「也因爲這樣，你爸爸突然離世，她受的打擊很強烈吧？」火林露出難得的同情。

提到這裡，又得翻開那一箱不大願意想起的過往。但爲了闖關，我只能拍拍灰塵，把箱子打開，任由飛出來的塵沙勾起回憶。

爸爸去世後，媽媽的心情起伏驚人。我親眼看到一個原本喜歡展現全家福照片給大家欣賞的媽媽，垂直滑落變成一個精神脆弱、憤世嫉俗的寡婦，甚至偶爾會暴怒。剛開始我並不覺得奇怪，一個親人莫名失去生命，她的確有權利懷疑人生。對媽媽來說，她那根魔術棒不見了，生命不再有魔術亮粉，也無法再拿出幸福家庭的模樣與其他媽媽討論；她不再是人妻，而是寡婦。

畢竟爸爸走得太突然，太戲劇，也太殘忍。

爸爸從家裡到郵局上班騎腳踏車得花大約半個小時，走路得要將近五十分。雖然有公車可以搭，但公車往返時間差距十分鐘，如果剛好晚到，那麼到郵局的時間就很難預估。以爸對工作盡忠職守的個性，他很堅持每天騎他那輛腳踏車。

他那一輛「鐵人一二三」已經跟著他有十多年，從兩人世界到三人小家庭，「鐵人一二三」在我童年時期占了很大的記憶體。

「什麼是鐵人一二三？」火林覺得很有趣。

「喔，我爸稱他的腳踏車爲鐵人一二三，因爲上班買菜外出都靠它，所以叫它鐵人。至於一二三……就很無聊的原因。」

「我想聽。」

不是因爲很無聊，是因爲我怕講出來會吵醒熟睡中的淚腺。不知道火林聽不聽得到？如果聽得到我的想法，就麻煩別問了。

火林緩緩走進我眼前，眼神充滿大人才有的老成。

「我想聽。而且……」她放慢語調，「對你有幫助。相信我。」

我冷笑一聲，搖搖頭。

「我是在十二月三號出生的。所以，爸爸把他的鐵人命名為一二三。」

呼！講完了。還好還好，淚腺還沒醒，可以繼續講下去。

小時候，爸爸在鐵人一二三的前面加了一個兒童座，負責載我上下學，直到小學二年級我幾乎得彎著雙腿才能坐在上面，才改由媽媽騎機車載我上學。雖然爸不再需要兒童座，但卻一直沒有拆掉。後來有黑皮的那段日子，爸爸偶爾會把黑皮放在兒童座上，好像又回到了那段載著小孩的日子，我看了也在內心微笑。

火林可能是看到了我的回憶，她居然笑到連牙齒都露了出來，好像這也是她回憶的一部分。

但爸爸出事那一天，這個以我生日命名的鐵人一二三非常不給力，讓他最後一秒放棄不騎鐵人，改搭公車。

我記得很清楚。

爸爸出事的前一天晚上，我為了要應付隔天的模擬考，搞到半夜兩點多才睡。第二天一大清早，我依稀聽到樓下叮叮噹噹的聲音，還以為爸爸一大早又開始在製作什麼木頭的東西，一下樓看到他滿頭大汗蹲在地上，拿著工具敲敲打打。

「爸，鐵人一二三壞了喔？」

「對，沒關係，我修修就好。」

我看了看錶。

「你快來不及了耶。要不要今天讓媽媽載你上班，我自己坐公車到學校就好？」

爸爸看著我，覺得我的建議不可行。

「不用不用，我想要修好再去。」

我很想告訴他我上課時間比他上班時間晚，我搭公車是理所當然的事，但他明顯不想再跟我爭，我只好又回到屋內。

如果當年我堅持，可能就不會發生一個小時後發生的事，也很有可能事情還是發生了，但不會發生在他身上。當然很可能發生在我身上，或者任何一個人身上。

這些又是屬於「千金難買早知道」的項目之一。

我看著爸爸，總覺得好像還沒結束我們之間的對話，但中途又被另一個人插隊攔截。

媽媽提著皮包，要我趕緊把書包拿下來。

「我今天要早點到電臺準備。今天要訪問的人是⋯⋯」

我沒心情聽下去，更沒想要知道內容，看著爸蹲在地上繼續努力轉動手中的螺絲起子。看著他汗流浹背，還用布包住兒童座，我知道他非修好不可的原因，是因爲這輛鐵人是我和他之間不可磨滅，也捨不得拋掉的童年回憶。

我依照媽的指示，把書包拿下來，一屁股坐在她後面，伴隨著摩托車的發動聲，爸爸的背影也越來越遠。

然後就再也沒有見過他。

啊，吵醒淚腺了！

不知道爲什麼，爸爸的背影總是很有戲。在一個沒有任何對話和聲音的畫面裡，他微胖的背影帶著某些寂寞的氣息，是一種男人才有的厚度。

接下來是一連串的「被通知」。

教官和輔導老師跑到從教室門口看著我，好像有天大的悲劇正等著我按下放映鍵，不然大家都不敢動，話也不敢說。

我跟著他們走進辦公室，媽媽的哭聲在電話上起碼迴盪了十秒，才講出那一句：「你爸爸出事了。」然後我跑出校門，外頭一陣陣小雨下得令人心酸。

火林拿出一根粗樹枝，遞給我。

本來想問她好端端的不拿衛生紙，拿根樹枝是怎麼擦淚？但一握到木頭，我立刻感到被撫慰。

我深呼吸一口氣，看著這根又粗又扎實的樹枝，它真的很像爸。說自己的爸爸像一根木頭很奇怪，但若你了解木頭，見過我爸，你就會知道那是最貼切的比喻。我看著樹枝，想著如果爸知道我們為了他發生的事故而經歷一連串鬧劇，會不會覺得多此一舉？以爸循規蹈矩的個性，他大概會揮揮手，要我們不要再鬧了。但憤怒是一種具有高度傳染性的情緒，不到最高點不會想停下來。

因著鐵人一二三的休克，爸又堅持準時打卡，於是他搭上了那一輛公車。

我查過那輛公車的前後班次時刻。如果他可以再多修個五分鐘，就可以搭到下一輛；如果他早放棄修個八分鐘，會搭到上一輛。但是老天爺就是要讓他在那個時刻做出那個決定，硬要讓那天成為爸在地球呼吸的最後一日。

據警察與記者調查的結果，這輛公車司機沒有任何不良紀錄，不喝酒不抽菸，也沒有不良嗜好，是個謹守規矩的好司機。

據工廠調出的資料顯示，這輛公車定期保養，輪胎都按照規定前後對調，沒有任何異常。據煞車廠商指出，煞車也定期檢查，若不是突然路上有螺絲卡住輪胎、又彈跳卡住煞車，沒有任何跡象顯示會出事。

而據公車上十二位乘客的形容，他們只看到最前面爸爸坐的那張椅子突然爆破飛天，接著整輛公車漸漸著火，全車的乘客紛紛驚慌從窗戶跳到地面，只留下爸一人孤伶伶任由火焰吞噬，其他人則輕傷僥倖生還。

當我們拿到撫卹金和報告結果時，我和媽突然長出同條冒著怒火的電線，把以往及格邊緣的母子情聯合起來，成為彼此最堅強的隊友、盟友、戰士，還身兼偵探、調查員、記者和遊行示威者。

生氣的人與生氣的人在一起，肯定會做出瘋狂的事。尤其如果生氣的原因都一樣，那就不再只是加法，而是乘法。

面對那些報告結果，我們一概拒絕接受。我和媽媽擠破了頭，非要找到一個能發洩的破洞，讓這股怒氣有紓解的出口。我們拿著報告跑遍所有製造公車零件的廠商，試圖將這項「不可控因素」合理化為「廠商或人為疏失」。我們也曾經綁上白條，在車廠零件商門口靜坐抗議、在巴士公司大門口喊叫、在電視臺前舉大字報、在司機家對面拿著望遠鏡找破綻。

我記得有一天靜坐結束，我和媽媽拖著疲憊的身軀，一回到家就癱在沙發不發一語。過了半個小時，媽媽突然一陣憤怒大叫，那嘶吼聲震裂我的頭顱。接著，她再度拿出所有的筆記，把下一個目標圈出來。

她像頭被欺負過的母熊，誓言找出破壞她美滿家庭的大灰狼。

我們的下一個步驟，就是找出郵局上班時間的漏洞。搞不好是排班時間有問題，才會讓我爸如此執意一定要準時打卡。說不定是因爲來自上司的壓力，才會讓我爸每天非要準時上班。

這樣的日子塡滿了我和媽媽後半段的生活。她滿腦子的陰謀論幾乎沒有停止，高度懷疑有人在這件事情當中成功脫身，沒有負起該負的責任。既然老天爺忘了處罰他，那我們就必須幫老天爺一把。

火林忍不住大笑。

她笑得眞是時候。若是她早一點笑，我會覺得她藐視我們的痛苦，但在我說完自己的邏輯再聽到她發出的笑聲，讓我覺得當時的行徑的確有點可笑。

「對不起，對不起……」她咳嗽幾聲，「你知道，老天爺是單向的，不是雙向的。」

「什麼意思？」

「嗯……」火林清清嗓子，「祂不需要我們幫祂。如果需要幫祂，祂就不是老天爺了。」

好吧，是有道理，但想想又不對。

「如果真是這樣，我覺得祂做得不大好，需要檢討。」

「所以，」火林問，「你現在還是覺得，有人在這件事上成功脫身，沒受到應有的報應？」

我點頭如搗蒜。就算我當時的行徑有些誇張，我還是會對當時國二的宋宥安大喊：「做得好！就是應該這樣！」

「好在你身邊有個華生。」火林說。

福爾摩斯的身邊一定要有個華生，不然福爾摩斯就是獨行俠，再厲害的偵探也需要一個了解你的人來指出你的盲點，否則會不自覺陷入死胡同裡，走不出來。

我的華生是女的，名叫雨棠。

當年才國一的雨棠看到我那副因沮喪激起的怒氣，決定同一個鼻孔出氣。我相信這段日子奠定她後來成為紀錄片記者的重要基石。她有事沒事就跑到圖書館查有關輪胎和煞車的工程，還拿著她那一本紫色封面記事本，寫完一頁又一頁的訪談紀錄。每當我和媽媽踢到鐵板，雨棠會丟出另一個令我們振奮的線索：「可以去問製作煞車的工人，那家工廠有逼迫工人加班的謠言！」

等追查毫無結果，她又會拉出另一個引爆點：「可以調出錄影畫面，看看是誰丟了螺絲釘在路上！」

只是年復一年，最後的結論總令人喪氣、疲憊。

憤怒就像一條橡皮筋，越拉越疲勞，最後只能癱在沙發上發呆，承認世界的不公平事件用十隻手指加上十隻腳趾數都數不完。

「後來，你怎麼開始不跟你媽媽說話的？」火林問出重點。

我看著樹枝，感覺胸口被滿滿的苦水堵塞，實在不知從何說起。

發生在爸爸身上的意外，壓壞了我和媽媽對生命的看法。我指的不是只有幸福家庭，而是對世界上每一件事情的看法。我開始知道世界沒有我想像中這麼單純，不公平的事滿天飛，黑暗永遠多於陽光。就好像我和雨棠到迪士尼玩，雨棠看到的是米老鼠牽著米妮的手有多可愛，我看到的是面具底下那兩個呼吸不過來的臨時演員，而且肯定沒什麼加班費，慘爆了！鍋蓋王發生事情的那一段日子，雨棠想盡辦法把他從洞穴裡推上地面，而我只是偷偷記錄他身邊有多少個落井下石的朋友，衰透了！成爲演員後，當我沒有拿到預期的角色，我也篤定八成有人搞鬼，或是看我不順眼。

「人生不如意之事不是十之八九，而是占盡全部的生命，這點一定要有心理準備，千萬別遇到倒霉事才開始回顧生命的意義到底在哪裡……」

「等一下！」火林伸出手掌。她很明顯聽不下去。

但這一次我火力全開，移開她的手掌，繼續開示。

「每個人都有看不到的衰事等著他。而且那些衰事會躲在角落，讓你看不到，偵測不了，然後啪一聲，」我在她眼前拍拍雙手，「就降臨了。」

她突然雙眼微微垂落，好像在同情我。

我決定火上加油，送這位小女孩幾片過來人的心聲。

「你有看過卡通嗎？」

她點點頭。

以前我看過一部卡通。卡通裡有一隻熊，每一集都會開開心心的在某處找到牠最愛的蜂蜜，找到後吃得津津有味。在森林、在小屋裡、在山上、在草原、在農場，總之，牠每一集都絞盡腦汁尋找蜂蜜，只是故事演到一半，牠頭上就會有嗡嗡的雜音，一群蜜蜂衝進瓶子裡，解決掉所有的蜂蜜。

蜜蜂無所不在，隨時準備搶走熊的蜂蜜。

無論你在哪裡，牠們永遠找得到你的蜂蜜。每一集都是如此。

在爸爸走了之後，那一段哭天搶地、明查暗訪的日子也終究隨著歲月漸漸生鏽。我很清楚內心有一團打不開的結，因爲知道打不開，只能任由它成爲自己器官的一部分。

相較之下，媽媽的生鏽狀況跟我的不一樣。她因爲誓言找出這條線的線頭，電臺的工作也呈現半放棄狀態，從原本的帶狀節目變成每星期一次，到後來偶爾播報新聞氣象和路況。她無法再拿出家庭照片，也不再是抱怨老公的幸福人妻、交換育兒心得的媽媽俱樂部會員。

她的蜂蜜被搶走了。她的魔術亮粉不見了。每一次回到家，她會拿出一疊又一疊的本子，將我們抗議過的紀錄看上一遍又一遍，試圖找出破綻。她與爸爸的房間已經不再是結婚照和全家福，而是貼滿了一張又一張公車照片和相關人士的資料。不知道的人，還會以爲自己走進警察局長的辦公室，而且根據樹狀圖與畫線複雜的程度，你會猜她應該快要破案了。

我們原本就不是那種很多對話的母子，在經過爸爸的意外事件後，我們之間有了一個話題，就是那場意外的調查計畫。只是我這根橡皮筋最後撐到疲勞不堪，失去彈性，我們母子間又回到以前那種，你做你的，我做我的模式。有好幾次媽又拿出一些可憐到令人心疼的破綻想要與我討論，但我的情緒無法與她的可憐對抗，所以選擇迴避。

我也需要保護我的蜂蜜。

相較之下，我的生命裡還是有些蜂蜜讓我暫時忘記生鏽的結。跟雨棠在一起是蜂蜜，鍋蓋王的友誼是蜂蜜，漫畫是蜂蜜，票房是蜂蜜，粉絲是蜂蜜，工作忙到只能想明天的事而無法再想悲傷的事，或許也算是蜂蜜。

但是媽沒有蜂蜜。她唯一的蜂蜜，就是爸爸。從那段日子開始，我們幾乎很少交談，等上了大學離開家，就完全沒有聯絡。之後在我得到影帝的那個晚上，我依稀瞥見媽的身影，只是不敢確定，直到現在……

我的思緒還沒結束，耳邊突然傳來好幾聲巨響。我急忙看著火林，隨著她的眼神往天空望。

「那、那是什麼？」

火林沒說什麼，立刻跳上馬，甩甩頭要我也跟著跳上去。

我的屁股才碰到馬背，還來不及抱緊火林，身上的白馬就像著火一樣衝出去，我的身軀因為這股力道彎成拱橋，差點掉下去。

「你可不可以告訴我發生什麼事了？」我用喊的。

「時間不多了！」她大喊回應。

從她的語氣，我偵測到她的擔憂不比我少。

白馬奔跑的速度之快，我幾乎看不到我們究竟越過了多少公里的山坡。一股懼怕盤據心弦，直到速度開始減慢，我才看清原來白馬正帶著我們爬坡。

「我們要到山頂上。」火林解釋。

我一回頭，才發現山下一片森林開始有紅點出現，而且聞到我最恨的濃煙味。它讓我想起爆炸、意外、受傷、驚慌和死亡。我討厭火，討厭失火。

「喂！」火林打斷我的負面情緒，「你還沒說完，後來發生了什麼事？」

我沒說話。

「幹麼不說話？」

不是因爲我不肯說，實在是不知道該從哪裡說起。我可以從雨棠那裡切入，但她並非全部的理由。我可以從教授那裡切入，但他其實並沒有這麼大的影響力。

又或許，我可以從我媽那裡切入。

第十章

小學生的日子很簡單，不會有太複雜的人際關係。你會覺得自己的想法就是主流，全世界都是一樣，太陽、月亮不論公轉或自轉都是繞著你轉。

上了國中，你才知道完全不是這樣。那些小時候的經歷和想法會隨著年齡而轉化，你會發現：啊，原來並不是每一個人都跟我一樣。

等到高中，你開始在意別人對自己的看法，好像自己對自己的看法永遠都不正確，別人的評語倒是一針見血。

升上大學，在一個沒有半個人認識你的新圈子，離家上百公里的新世界，你可以重新來過，重新洗牌。

我在大學念的是新聞系。其實我對新聞一點興趣都沒有，甚至有點厭惡，純粹只是爲了跟雨棠走在同一條路上，才把她的志向複製成我的志向。

雨棠很好心的把這些年來我和媽媽一起收集的資料整理成冊，錄上一段類似紀錄片的影像，然後跟著申請書和成績單一併送達某個重要人士的手中。沒想到我眞的接到通知，成爲新聞系的學生。

但開學後幾個月，我開始意識到我是一條打算上街買菜的金魚。對於一個不大關心世界哪裡發生了六級地震，或現任司法部長是誰的人來說，要當記者就好像金魚要上街買菜一樣，根本撐不到菜市場。

在大二結束的暑假期間，爲了不必回家面對媽媽，我就近在一家電視臺打工。我的工作很簡單，就只是搬運一些道具，偶爾需要跑跑腿，買買便當，送送資料。雨棠也覺得滿好的，反正以後也是在電視臺裡跑新聞，趁早進入不是更好？比較傷腦筋的是，教授安排每一個人在暑假期間深入追蹤一件舊新聞，然後用自己的方式分析、判斷和採訪，並錄製成影片報導。

早上打工，晚上採訪，這段日子回憶起來很辛苦，但我有蜂蜜在身邊支撐著我。雨棠在我大二時也來到臺北念大學，所以我們很快又回到每天膩在一起的日子。

很巧的是，那一年的暑假，我被安排報導四年前電視臺被人縱火的新聞，被人縱火的電視臺就是我正在打工的電視臺，我每天上班就到處問人打聽內情，還可以順利完成工作領薪水，根本一舉兩得，再加上雨棠的陪伴，我終於像隻游到清水的魚，可以永遠撇開嗡嗡聲。

「在水底，蜜蜂總不會遇到我吧？」我開始得意，喜歡上大學生活，成功近在咫尺。那天晚上我整理好資料，將錄好的採訪片段看過一遍，確保一切準備就緒。正當我準備關掉電腦睡覺時，我的手突然停在滑鼠上，看著被我訪問的警衛，呼吸開始混亂。嗡嗡聲在耳邊喚起，我非常確定蜜蜂又找到我，準備拿走我辛苦經營來的蜂蜜。

這宗案件至今都找不到縱火犯，也無人傷亡，但就是因爲查不到那位可疑人物，也沒有人跟電視臺人有什麼過節，所以堪稱爲奇案。

我把我採訪警衛的片段設置成自動重複，看了好幾百遍。

「您可不可以再敘述一次看到的可疑人物？」

「嗯，過了這麼久，眞的忘了差不多啦！就一位中年婦女，頭髮大概到這裡（手比在耳朵邊），戴著眼鏡，穿著很樸素。她拿著一桶不知道什麼東西走過大門口，我從來沒看過她，等到我要叫她回來，她就跑走了。」

「然後呢？」

「然後不到五分鐘，大樓就開始冒煙了。」

剪接的影片開始播放當晚監控攝影機錄下的模糊畫面，但我覺得這個縱火女人的背影，好熟悉。

我的心裡有如刀割，雙手居然開始顫抖。

「停下來！」

火林使力拉住白馬，要牠停在懸崖邊。我還以為她要我講到這裡就好，原來是在跟這匹白馬說話。我從她身後跳到地面，簡直不敢相信我看到的這一幕。底下一大片童話森林冒出煙霧，一叢叢火苗像行走的老虎，吞噬美好平靜的樹和草。

「喂！你不打算做些什麼嗎？」我緊張的拉住火林的手臂。

她搖搖頭，很平靜。

什麼跟什麼啊？帶我穿越最神奇的森林，然後要我親眼看著它被火苗攻擊，這是在考驗我的耐力嗎？明明知道我最恨失火，最討厭冒煙，還要我……

天空又傳來巨大撕裂聲。

我沒有問火林那是什麼，但我很清楚那很可能是關於我快不行的徵兆。

她咬住嘴唇，看著我。

「後來你上臺報告，發生了什麼事？」

「我沒去。」

我在火林的眼睛裡看著自己的倒影，整個人很窩囊。

「因爲你覺得是你媽媽放的火。」

我終於知道爲什麼她會是我的守護者。

扒開潰爛傷口的人如果是個小女孩，我會放棄生氣，願意體諒。我的意思是，因爲她是個小孩，所以我對她的包容度更大。

火林尷尬的笑了。大概是聽見我的OS解釋。

山底下的火越燒越烈，樹木倒塌聲令人懼怕。火林依舊抬頭挺胸，沒有一絲憂愁或不捨。她整個人的精力和關注都在我身上，好像全天下只有我是她最重要的人，沒有任何災難能打斷她的注意力。

那一天在學校，我自動缺席。過了一個星期，我提出休學申請，而且沒有任何理由。我知道蜜蜂已經找上我，我無處可逃。

這就是我的命運。自從爸爸離開，我的生命莫名其妙的被詛咒，倒霉的事總會找上我，不善良的人就是會跟著我，如影隨形，揮之不去。

「你有告訴任何人嗎？」火林問。

「有，我告訴了雨棠。她也看了影片，但是她覺得影像模糊，根本無法確認。」

她說很多大嬸的穿著打扮都是這樣，不一定是我媽。而且，她無緣無故去電視臺放火幹麼？我在內心大聲回答：因爲我曾經在她的房間裡，那一面貼滿警察局長即將破案的照片和紙條中，瞄到「電視臺」三個字！

第一，我媽媽很可能是個縱火犯。第二，我媽媽很可能精神狀態很糟糕。第三，有這樣的媽媽令我羞愧。

但我沒有勇氣告訴雨棠。她一直不了解爲什麼我會放棄這麼好的前途，爲什麼會願意跟電視臺簽約當個小配角……在我們之後交往的日子裡，這些數不清的爲什麼成爲說不出口的地雷。

我也沒有再跟媽媽聯絡。無論是生日或過年，我選擇工作，而且最好是出國拍外景，不然熬夜趕戲也願意。我不知道如何面對一個有可能是縱火犯的媽媽，也不知道如何處理她的憂傷，因爲就連我自己的都還沒處理好，瞎子帶瞎子過街等於大災難。

「小安！」火林大喊。

我抬頭一看，天空破了一個紅色的大洞。

「你準備好了嗎？」

「還沒」兩個字都來不及說出口，火林早已消失無蹤。

第十一章

是那一晚。我就知道。

這個闖關遊戲很愛把人帶到你最不想回顧的片段，逼得你爲了存活，只好狼狽面對。身邊的人各個西裝筆挺，女士們衣著華麗，端著香檳的服務生在星光熠熠的明星群中穿梭，閃光燈不曾間斷。

這天是頒獎典禮，也就是我得到影帝的那一晚。我隨著原有的節奏在領完獎、開完記者會之後，與大家來到室外森林，參加主辦單位精心布置的會後派對。

「宋宥安，請看這裡！」

「宋宥安，恭喜恭喜，可以接受訪問嗎？」

「得到最佳男主角獎，今晚是不是要喝到茫？」

我擺上我的一號笑容，一律回答：「謝謝各位。」

這是經紀人給我的建議。他說我的形象是梁朝偉，所以不需要多言，不用有太多情緒。其實我的目光早已飛到樹上，恨不得離開群眾，獨自欣賞這座鬧中取靜的大花園。

不得不佩服製作單位的用心，竟然找到這麼綠蔭蓊鬱的地方來舉辦會後派對。

我記得當時車門一打開，一股野外樹葉的香氣就撲了上來，還來不及喝下香檳，整個人已經亢奮起來。雖然大樹在夜晚的能見度很低，但樹枝上一盞盞優雅的紅燈籠，的確爲夜晚蒙上了一層古意。

我隨手扣好西裝外套上的釦子，望向這些演藝界的前輩們，他們對著我微笑，我知道我已經到了一個美麗境界：蜂蜜最豐沛的金字塔頂端。

只是就算享盡這屬於宋宥安的一晚，我依舊擔心嗡嗡聲在不遠處伺機攻擊。它們在我耳邊竊竊私語，恨不得我從頂端垂直滑落谷底。

「怎麼雨棠不在你身邊？啊，因爲你們分手了。」

「那麼超級好友鍋蓋王呢？不在，因爲你們早就不算是朋友了。」

「你爸呢？不在，因爲意外身亡了。」

「你媽呢？眞慘，因爲你們早就不聯絡了。」

「那麼宋宥安，告訴你一個壞消息！無論你如何成功，你永遠無法快樂，因爲寂寞永遠跟隨你，失敗就在角落等著你！」

說完後，它們齜牙咧嘴，後面伴隨閃電打雷之類的背景音樂。就是這些嗡嗡聲。每當我從谷底伸手奮力往上爬，見到日光的那一瞬間，這些警告會隨之而來，提醒我掌控這個世界的人叫做黑暗。

但身爲演員，我知道如何遮蓋，如何掩飾。面對鏡頭，我悠哉自在的感謝所有的工作人員，還開玩笑說最想到迪士尼樂園慶祝，再跟其他競爭對手把酒言歡，互虧一番。

然後發生了那一件事。

就在我的心情被無名蜜蜂往下扯之際，我看到了那一棵大樹。它雄偉的站在一旁，頭上雖然戴著可笑的紅燈籠，扮成老小丑，卻無法擋住它與生俱來的安穩持重。我離開眾人，向這棵老樹伸出手，摸摸它歲月的老臉，貼近它的心跳。

如果爸也在場不知道多好？我們可以離開群眾，專心討論這裡的每一棵樹，然後一起貼近樹皮，我會偷偷看著他眼皮跳動。我有說不出口的心事和苦悶想要跟他說——我和雨棠分手之後的痛苦，還有我無法面對媽媽的那種愧疚，就好像掉入一個無底洞，永遠踩不到底。

「宋先生，要不要幫你加點香檳？」

一個拿著香檳的年輕女孩子，扭扭捏捏不好意思看著我。

「不用，謝謝。」

她大概看到我剛剛貼近樹皮的臉，想要跟我開啟什麼話題。

「我是你的鐵粉！恭喜你今天得獎！」

我擠出笑容，臉往外撇，想結束和她的談話。

「我以前聽過一個哲學問題，滿有意思的！你要不要聽聽看？」

我假裝看手機，想讓她識趣的離開。但是她不但沒有，還眞的說下去。

「如果一棵樹在森林裡倒下而沒有人聽見，你覺得它有沒有發出聲音？」

她雖然娃娃音，但問問題的口氣像是熬過許多年才提煉出的金句箴言，充滿勇氣。

我雖然不大記得當年有過這麼一段對話，但依然不假思索的馬上回答。

「當然沒有。沒有人聽到，就沒有聲音。」

香檳女孩正要張開嘴巴辯解，但在她身後我看到該看到的人。

一個熟悉的身影穿梭在人群，快速躲開我的視線。

是媽媽。這一次我非常的確定，那眞的是我媽。當時我一度懷疑是自己喝多了，要不是隱形眼鏡度數不夠深，就是每個大嬸的背影都大同小異，這次我非常確定那是我媽。

沒事，深呼吸。

既然火林帶我回到這個場景，又問了這麼多有關我爸媽的事，我相信這一關跟我媽絕對有關，錯不了。如果我跟當年一樣，認爲只是眼花而不去理會，那我待會依舊會被拉去跟劇中的女主角跳舞，派對結束後不敢進家門，只能躺在門口任由寂寞肆虐我空洞的心。

我不要這樣的結局。再說，如果讓它產生一樣的結局，幹麼還要闖關啊？

我離開香檳女孩，快步撥開人群，拔腿衝往身影的方向，一直跑，一直跑，耳邊傳來不少「你要去哪裡」的問句，但爲了不讓身影在轉瞬間失去蹤跡，我一概不理。

時間緊迫，我沒多少時間了。火林也是這麼說的。

我追著身影一路往樹叢深處快步奔走，耳邊因爲遠離人群漸漸消音。我離開了煙花粉脂與金碧奢華之地，被濃厚的樹木氣味擁抱。

媽媽知道我跟著她，偶爾會停下腳步，背影有些猶豫。其實，我已經開始氣喘如牛，邊走邊脫掉西裝外套。

「媽！」我大叫。

她繼續跨步，沒回頭。

我把西裝外套摔在地上，雙手插腰。

「媽，呼……等一下，讓我喘口氣。」

她終於回頭看我。

我嚇一跳。自從上大學之後，我再也沒回家，再也沒見到她。眼前這位老婦人蒼老的程度令我詞窮，只能細細端詳爬滿馬尾的白髮，她的臉上盡是憂傷、無奈。

那個到處拿著全家福照片的幸福女人，到哪裡去了？那個在廣播節目與來賓談笑風生，討論起來頭頭是道的女主持人，是否也躲到這位老婦人的回憶裡，忘了回家的路？

我眉頭緊鎖，不知道該說什麼。

「恭喜你，小安。」

她笑起來的皺紋很深。「只是沒想到，我們一個西裝筆挺，一個就這樣……過了好幾年。」她低頭看著自己的模樣，不敢直視。

我本來想問她「這樣」的意思是不是表示沒有太大變化，但我覺得這個問題可能有些殘忍。

「媽，」我朝她走近一些，「你怎麼會來？」

「喔，」她有些不好意思，「你看我的服裝也知道，我是負責來打掃的。」

我內心燃起一股悵然，愧疚到令我不知所措，連雙手該擺在哪裡都不知道。一個堂堂的新科影帝，怎麼會讓自己的媽媽做清潔工？

我們之間的距離不到十步，中間夾雜著大大小小的碎石、雜草。她的身後有一棵高大聳立的老樹，感覺很像爸就站在她身後保護著她。我跨出右腳，雖然沒有任何打算，但我知道走近她身邊會是正確的第一步。

她看到我上前，露出一絲喜悅，右手從口袋裡拿出一個皺皺的紙團。原本她要拿到我手中，但突然眉頭一皺，有些猶豫。

「那是什麼？」

她依舊緊握著紙團。

「小安……」

我等她開口，但四周突然開始下起雨，讓我有些不安。

對，我想起那一晚下了雨，所有參加會後派對的人都被趕到室內，才會有跳舞的情節出現。但現在這個完全不是重點！重點是闖關。我提醒自己要保持專注、保持專注……

其實說老實話，我根本還沒搞清楚這關的來龍去脈，也沒有計劃接下來該採取什麼行動。這跟上一關完全不一樣。上一關我非常清楚接下來會發生什麼事，也記得鍋蓋王做的事和說的話。但偏偏這一關開始沒幾分鐘，我就立刻做了不同的選擇：離開派對。

在完全沒有回憶的關卡中闖關，這回難度真的比金魚到菜市場買菜還難。

ＯＫ，宋宥安，冷靜、冷靜，到底火林要我改變什麼？這個紙團，有什麼重要的意義？是不是以前爸爸留給她的信件，或者是留給我的信件？

雨越下越大，媽媽的眼神似乎也著急起來。她下定決心，把紙團送到我面前。趁紙張還未被雨水打爛，我趕緊打開，在黑暗中把紙團湊到眼前。

那張紙最上面是「順承高中三年二班」，下面有一連串的名字，都乖乖排在格子內。是某個班級所有學生的名字。

那又怎樣？我狐疑的望著媽媽，她用手指要我繼續看。

有人用紅筆圈起一個名字：鄭志強。

這個名字有點耳熟。

再看下去，又有一個人的名字被紅筆圈住：張漢力。沒聽過。

只有這兩個人的名字被紅筆圈起來，然後又用紅筆連起來。

所以然後呢？我還是望回媽媽的雙眼，請她解謎。

她用顫抖的語氣告訴我：「上面那個鄭志強，你不記得了？是當年駕駛那輛公車的司機！」

她等不及分享這個天大的消息，後面還藏著驚喜。「另一個張漢力，你大概不知道，但我這幾年都查到了，他當年在電視臺擔任新聞記者，而且負責報導你爸的新聞，就是那個隨便報導你爸意外身故，還說這件事跟司機沒關係，司機鄭志強品行良好，你記得嗎？」

「然後呢？」我一把火升到額頭。但媽媽沒有意識到我的怒火。

「他們是高中同學！小安，他們是高中同學！你知道代表什麼嗎？代表記者根本就在替他講話，隨便下定論。小安，我們有機會翻案了！」

她欣喜若狂，但我心涼了一半。

我把紙團一揉，丟在地上，無視她的喜悅。冷風從腳底傳到頭頂，令我想起這幾年來，就算在人生低潮和高峰，我都不願意跟媽媽聯絡的原因。

她是縱火犯。過了這麼多年，今天她依舊為了爸爸的事一股腦跑到我這裡，只是為了找隊友一起出擊。她為了翻案，冒險犯法；為了出一口氣，丟了廣播員的工作；為了報復偷走魔法亮粉的嫌犯，忘了她有個兒子。這一天是我的人生攀登上高峰的日子，而我的媽媽選擇澆我一桶冷水。

況且，這個兒子也還沒從傷痛中恢復。

我打算直接了當問她是不是當年電視臺的縱火犯，卻被她突如其來的表情變化給打擾。

不知道爲什麼，她彷彿意識到我的怒氣，臉部線條變得柔軟。

我們都沒說話，四周大雨滂沱，下得毫無韻律感，讓人很難調整思緒。我們好像野生動物，杵在原地研究對方，只靠著呼吸免去相對無言的尷尬。我全身被雨淋得溼透，她穿著單薄的制服，瘦弱的身軀在雨水拍擊下像是快要倒下。

一直以來，我們知道自己是受害者，卻常常忘了對方也是受害者。每個人面對傷害的反應不同，恢復時間也不同。

我的傷害讓我害怕；我害怕不好的事莫名其妙又無預警發生，總是抱頭躲在桌子底下，讓傷害減到最低，就好像防震演習一樣，第一要點就是保護自己。而媽媽的反應跟我不一樣。她好像變成一個失憶的寡婦，忘了生命偶爾也有美好，忘了讓自己轉移焦點看看有趣的新聞，忘了兒子的演藝生涯漸漸起步，忘了翻開爸留下那一箱箱的回憶，忘了對爸爸爲什麼喜歡大樹感到好奇……

我望著媽媽身後的大樹，它的枝葉粗壯，儼然像一個巨人爲了保護眼前淋溼的婦人，試圖推動自己僵硬的樹幹。

啊，就是這樣！

我居然會在闖關中恍然大悟，被自己點醒。我發現我之所以有蜂蜜，除了雨棠和工作，最核心的是我和爸之間的溫馨小祕密。那個我和爸爸在山上露營看星星，一起討論大自然和拔除小花蔓澤蘭的日子，是我最甜美的蜂蜜。

但是很可惜，媽媽從來就沒有看過爸爸隱藏的這瓶蜂蜜。

她沒有發現爸爸的溫馨小祕密，沒有機會去尋找爸爸曾經喜歡的大樹，然後試著喜歡上它，把臉貼在它的老樹皮，歸納爲記憶的一部分。

「對不起，小安。」

天空一片黑暗，我看不清她臉上到底是雨水還是淚水。

「對不起。」她又說了一遍，「從以前我就知道你一定不會再想起這些事，但我又不停的提起，不停的挖掘，你肯定受不了！因爲……連我自己都受不了自己……」

才一說完，她雙手掩面，曲膝跪在地上。

我想起剛剛香檳女孩問我的問題。

「如果一棵樹在森林裡倒下而沒有人聽見，它有沒有發出聲音？」

我突然恍然大悟。它有，只是沒有人聽到。

「因爲那不代表它沒有發出聲音，只是沒人聽到而已。」我自言自語，像個洩氣的皮球，雙膝跪在泥土上。

我整個人被這個蒙蔽已久的事實打倒，低頭看著雙手陷入泥沼。

自從爸走了以後，我沒有看過媽脆弱的倒地痛哭，但那不代表她不難過、不悲傷，只是她哭完後，繼續拿出化悲憤爲力量的憤怒，把調查的筆記和照片貼到牆上。我一直躲避媽的憤怒，卻沒想到她憤怒的另一頭，是埋藏的悲傷。我沒有關心她的悲傷，只顧著尋找蜂蜜，還刻意劃清界線保持距離，以防被她傳染。

跟鍋蓋王的情況一模一樣，我眞是個沒用的朋友、兒子。如果雨棠在旁邊，她會趁機插嘴：「還有男朋友。」

我把被大雨淋溼的頭往上傾，獻上我一生的歉意。

「媽，對不起……」

我拖著沉重的身子向前爬，想要告訴她所有有關爸爸的事；那一面她從來沒有看過，卻值得知道、值得探索的溫馨祕密。

「媽，你知道嗎？爸爸喜歡做木工是因爲他喜歡大樹。他喜歡大樹因爲他感受得到它們的生命、它們的呼吸、它們的心情。你知道嗎？他經常一個人到山上把纏在樹上的小花蔓澤蘭給拔掉，因爲這樣可以救活樹木。啊，他還說要跟大樹交流，就要把眼睛閉起來，臉頰要貼近樹皮，感受它的皺紋……」

她沒說話。沒動作。

我爬到她面前，伸出手，才發現她已經變成一塊石頭。

第十二章

我依舊坐在火林後面，白馬正搖搖晃晃往前衝。

一路上我們都沒有任何對話，也沒有交集。火林知道我的情緒還未恢復，繞了好遠的路，希望給我一點時間作為緩衝。只是她有事沒事會回頭看，眼神射出好幾次焦急的訊息，我知道她的意思：時間不多了。

為了快點讓情緒抽離，我把眼光轉移到身邊快速飛過的一幕幕風景。同樣的道路，同樣的天空，但總覺得少了些什麼。等我聞到嗆鼻的焦味，才想起在闖關前，森林中冒出大火，一團團紅點正在侵襲童話森林……

我用力吸了幾口空氣，發覺空氣中沒有樹林被燃燒的刺鼻煙味，只有火焰被水撲滅後的濃郁焦味。

「我們快到山頂了，你就先遮住鼻子吧！」火林說。

「火林，」我吞口口水，「你還沒跟我說，我到底有沒有過關？」

她什麼都沒說。

其實我也不是很確定。我認為有，但又不敢確定。目前為止，我都不知道這一關要改變什麼，也不知道自己有沒有做到。

但我在心中偷偷點燃一根仙女棒，劈里啪啦獨自慶祝起來。

我感到某種說不出口的解脫。關於家人的事，就算再怎麼熟的朋友、情人、老師、守護者，都無法和他們分享。就算火林聽得到我的OS，我還是想在心裡自己慢慢消化這一切。

我的感覺就好像把多年來假裝沒看見，卻隱隱作痛的蛀牙一口氣解決，讓暖流洗去膿包，再填滿所有不該有的坑坑洞洞。坑坑洞洞補好了，會有一種超乎想像的舒坦、一種砍斷千年老妖的痛快。

如果可以，我希望回到現實生活做一樣的事。時間啊，請你再通融一下，讓我跟媽媽過些正常的家庭生活，一起按下倒轉按鈕，重新來過……

「嗒！」

火林大喊一聲，白馬前腿往上抬，嚇了我一跳！

白馬乖乖停在懸崖邊，等我們從背上跳下。一下到地面，我俯瞰山下那一片童話森林被火燒到焦黑。一眼望去，只剩幾棵大樹牢牢的佇立原地，跟我一樣在嘆息、在數算多少樹木在大火中犧牲。

如果爸爸在場，肯定會跪在地上默默爲這些燒毀的綠葉草地流淚。

「你知道森林著火的原因是什麼嗎？」火林問我。

「有人沒把火完全滅乾淨吧。」我看著她，「我以前是記者，我知道大部分的森林火災是因爲登山客在下山以前沒有妥善撲滅火苗。」說完後，我覺得那些人眞的應該被揪出來，好好受到懲罰。

火林笑了笑，好像我的答案在她預料之中。我斜眼看她，開始懷疑她到底有沒有要告訴我闖關結果？當然，也有可能是我已經闖關成功，她在跟我閒聊，就跟河川一樣，總要來一堂課後輔導，讓你明白生命的意義，才捨得跟我道別。

「其實大部分的森林大火，都是閃電造成的。」

她的樣子很愜意，好像在欣賞一副美景，就跟之前河川一樣，但又跟河川不一樣。在我眼中，她平順自在的神情顯得極爲諷刺，一片好好的自然景觀被燒得遍體鱗傷，她居然還用欣賞的態度看待這一切。

「你知不知道森林大火之後，有什麼效應？」

「效應？」我Google自己的腦海，找不到任何資料，決定亂掰。「知道啊，就是燒毀一大片活得好好的花草樹木和住在森林裡的動物。他們都是生命，都是大自然界的一分子，就這樣因爲大火結束生命，超沒天理的。」

我痛快的吐出一連串不爽。

火林轉頭看著我，嘴角上揚，似乎有個壓軸的戲碼準備登場。

她再次跳上馬背，要我跟著她。我搖搖頭，嘲笑自己還能有什麼選擇？她既然是我的守護者，不跟著她，難道要留在原地等她回來？

我一跳上白馬，白馬立刻從懸崖跳下，沒有浪費任何一秒，彷彿地心引力在牠眼裡從不存在。我抓緊前面的火林，屁股騰空脫離馬背，這一次我選擇張開眼睛，看著垂直墜落的快感，害怕又刺激。這種可怕的感覺伴隨著僥倖活下來的心情，有點複雜。

白馬的功力果然高超，降落時根本感覺不出撞擊力，我的身體只有稍微前後晃動幾秒。

我們再次走進同一座花園森林，只是沒有綠葉，沒有賞心悅目的碧綠和翠綠，只有枯乾焦黑的樹枝和哭泣沙啞的烏鴉。

我冷笑諷刺。「閃電……哼，簡單兩個字，就把整片森林搞成這樣。」

火林沒有理會我的埋怨，牽著白馬進入焦黑的森林。我們終於來到森林的中心，她停下來，蹲在地上。

「你記不記得這裡？」她指了指地面。

這裡很明顯的被火燒過，光禿的泥塊沒有半點生命氣息。我搖搖頭，不知道這裡是哪裡。

火林起身，揚起雙臂，那頭銀白色頭髮隨著雙臂飛到半空中，我瞄到四周的變化，感到頭昏腦脹。

火林把季節遷移快轉到將近十六倍的速度，天空的顏色由白到黑，從黑到橘，又從橘到黑，黑夜到日出，豔陽到黃昏，黃昏又進入暗沉的深夜……不停的重複又重複。四周所有的生物跟著時間與季節的改變，也開始復甦、生長，原本枯焦的樹木也用最快的速度換上新皮，樹枝開始從不同的角落伸展，接著就是綠葉發芽。

這就是歲月。我心中OS。

人把歲月兩個字加上催人老、不饒人，總是很容易和負面的形象連在一起。但是歲月在此刻是絢麗，是美好，是斑斕，是感動。

如果爸在這裡就好了！這是我第二個OS。

大自然的生長在眼前完整展示，如果爸在場，肯定目瞪口呆。

等到綠葉的顏色逐漸由翠綠到深綠，色彩繽紛的花朵接棒上場，鋪滿整片森林。我看到每一棵樹的花色都不同，由紫到黃，由紅到粉，鳥兒落在樹枝上，蝴蝶飛過眼前，春意盎然。接著葉子一片片凋落，地上被金黃色的樹葉鋪上一層秋意。

然後大雨、冰雹、寒風。

又回到春意盎然。

就這樣走了好幾遍，火林定格在春天，才慢慢放下雙臂。她像個孩子般繞了好幾圈，很滿意眼前的傑作。

「你看！」她指著地上，有一根挺拔的草，又翠又青，一看就知道屬於壯年時期。

我聳聳肩，不懂她幹麼要我看這個。

「你記憶力很差耶！」她笑，「就是之前那根活得不精采的草。」

想起來了。

「這是同一根？」我很驚訝。

她笑得牙齒和牙齦都露出來，完全符合她的年齡。

「這就是效應，小安。」她雙手擺在後面，微笑看著我，「一般人碰到倒霉的事，像森林遇到閃電，著了火，就會一直想要追究是誰放的火。」

我知道她在講我，還有我媽。一句話點到兩個人，夠厲害的。

「但是你知道嗎？」她繞著草，「其實森林著火，就能把危害森林的那些雜草和病菌都剷除，好讓活得不精采的花草樹木有機會重新生長。」

就像現在這座森林。

她點點頭，同意我的ＯＳ。

「其實人生中有很多突如其來的壞消息，生病也好，死亡也好，失戀也好，破產也好，丟掉工作也好……但如果你要花上一輩子的時間探討究竟是誰做的好事，花上你一半的精力躲開下一次鳥大便降落頭頂，那麼，你就失去重新成長的機會了。」

她驕傲的昂首，像個盔甲勇士，經歷百戰卻從未吞敗。她看我正在沉思，繼續道出她的理論。

「有時候你就算花上一輩子，都不知道是誰做的好事。就像閃電雷劈導致森林著火一樣，難道……你要找閃電算帳嗎？」

我沒說話。她等不及我的ＯＳ，繼續開示：

「相同的邏輯，如果你花上一半的精力隨時準備撐傘躲鳥大便，那麼你就失去一樣多的時間享受太陽光的溫暖，那多可惜啊！」

我從沒想過森林著火是因爲閃電，也沒想過森林著火後的效應：重新來過，重新洗牌。看著火林身邊的那一株綠草，跟大火前判若兩人……不對，判若兩草，那是在火燒的痛苦後重新生長的結果。我很清楚在爸的意外之後，對我和媽的衝擊有多大，有多深。她花上一輩子在調查閃電，我花上一半的精力在撐傘、躲嗡嗡聲，然後兩個人都沒有藉著這場大火重新來過，更別提重新洗牌，重新生長……

我們通常會花好多時間懷念失去的人，卻很少關心那些還在你身邊的人。

如果可以重來，我希望自己有機會這麼做。

火林不等我OS結束，大聲插嘴：「小安，跟我上來！」

又要上馬？我們上上下下多少次了？

火林對我翻白眼，有點不耐煩。

「我們都要道別了，最後一次了啦！」

一說完，我馬上跳到她身後，慶幸自己即將回到世上。

「你剛剛的確做對了選擇。」火林從前面打斷我的猜測。

「耶！」我瘋狂大笑，對天空大聲瘋狂亂喊。我要回到原本的生活了，我要回到世上了！只要還活著，所有事情都有機會扳回，任何結局都不是最終的結局。

白馬依舊快速上坡，暖風吹過臉頰，土味和草味參雜的綜合體讓人心曠神怡。等到白馬回到山頂，我和火林一起跳到地面，再次俯瞰一整片森林。只是與上次比較起來，眼前的森林是活的、是在呼吸的。我聽見鳥叫聲，甚至聽見微風穿梭葉片間的聲音，低調又平和。

「你看，」她說，「近距離看大樹很美，但偶爾爬上山看看整片森林，才能看到不同的景觀。」

說完後，火林突然回過頭，臉色凝重。

「小安，很抱歉。」

她鞠了一個九十度的躬，好久才起身。

「幹麼？啊，我知道了，捨不得我走啊？」我承認自己太興奮，有點輕佻。

火林顯得有些尷尬。她狠狠吸了一口氣，把不敢講的話一次講完。

「你雖然做對了選擇，但是太慢了。」

「我不懂。」

我拚命搖頭，但她馬上說出那句我不想聽到的話。

「我想該要送你第二個啟示了。」

我的腦袋一片麻木，搞不清楚她在說什麼。我不是做對選擇了嗎？如果對了，幹麼還要送我第二個啟示？

她的眼睛湊近我的臉，距離不到一個拳頭。

「啟示二：每一關都有一個對手，而你必須要打贏他，才算闖關成功。」

然後她再度鞠躬：「很抱歉，你沒有打敗你的對手。」

第十三章

火林坐在懸崖邊，雙腳那雙紫色長靴敲打崖壁，發出叩、叩、叩的節奏。我們又再度回到紫灰色的天空，那個鳥不生蛋、貧瘠荒涼之地。

等到差不多釐清思緒，願意接受事實，我才彈出一連串問題。

「爲什麼之前都沒跟我說？」

「不想讓你在闖關中拚命找對手，因爲那絕對不是重點，但是……」火林看著我，「既然你做對了選擇，又沒有過關，只好告訴你這件事。」

「你的回答等於沒有回答。」

面對我不耐煩的態度，火林反倒笑得很燦爛，令我錯愕。

「太好了，小安！」

我不懂。

「你現在不再只是在內心OS，你會說出來。你知道那代表什麼嗎？」火林很興奮，好像得到什麼大獎一樣。「表示你有進步！」

她興奮的程度像是我的親人，就好像這是她的事情，她的進步。當你狀況好轉時，對方比你更大聲歡呼，比你還開心，恨不得跟全世界的人宣布這件令人振奮的天大消息，雖然那只是微不足道的小進步。

她收起笑容，留住燦爛。

「其實是這樣的。每一關都有一個對手，有時候甚至不只一個，但那不是重點。你生命中發生的每一件事情都不是只有你一個人參與，它是個複雜的網絡，往不同的方向伸展、交錯，在一個時間巧合下，你們可能擦肩而過或只說過一句話，然後做出某個決定，卻不小心牽連到對方。」

「OK，那你可不可以告訴我，剛剛那一關我的對手是誰？」

知己知彼才能百戰百勝，我希望火林聽過這句名言。

「對，」她回答我的OS：「但要先知己，才能知彼。」

我發現她跟河川一樣，喜歡回答不算答案的答案。她大概沒打算告訴我。

「不是我不告訴你，是因爲眞的對你沒有任何幫助。」

我感到不爽，覺得這個遊戲很誇張、很弔詭。

她嘆了長長一口氣，繼續告訴我對手沒那麼重要。我也不甘示弱，告訴她「打敗你的對手不重要」這句話，本身聽起來就是矛盾。對方打敗了我，然後你告訴我他不重要？

我想到一個很好的比喻來反擊。

「ＯＫ，就好像打網球一樣，選手通常在下一場比賽前的備戰時，都會把對方的資料調出來，研究對方的優點和弱點，才知道如何打敗這場比賽。」

我看到她眼神散發出一絲絲驚喜。

「這個論點我喜歡。」

我有些得意。

「可惜現在不是打網球。網球比賽是以打敗對方爲主要戰略，但是這個遊戲並非如此。這個遊戲的對手就是你自己。你越早打敗以前的自己，越早過關。」

她看我來不及狡辯，決定放一些水。

「好啦，我告訴你模擬關的對手好了，這樣一來，你會更了解我們設立這個規定的緣由。」

我豎起耳朵。模擬關就是我以爲要搶救黑皮的那一段情節。

「你的對手也在過模擬關，就是騎機車撞死黑皮的人。」

我腦筋一片空白，不知道該如何反應。

「當然空白，因爲你根本不認識他，也沒見過他。」

「所以，他也陷入昏迷？世界上有這麼巧的事？」

「是啊！」她無奈的笑了，「巧合的事可多了。」

火林詭異又深奧的表情告訴了我一件事：我永遠不會了解這個「巧」有多奧妙、多不可思議，並且這些巧合的事似乎在他們這群人的眼中，藏著說不出又解釋不了的奇妙網絡。說老實話，我不是很喜歡這種感覺，守護者似乎掌握我們這些凡夫俗子的每一個層面，就連我們看不到的，他們都看得到。而我卻完全不知道他們到底知道多少、掌握多少。這是一種不平等的狀態。

尤其當守護者是個小孩，這種感覺更差。

「生命中其實有許多巧合，就連你認爲的兩條平行線也有相交的一天。基本上……」她站起來，用紫靴子踏步，「沒有所謂註定的人生，所有的事都只是一連串的巧合。所以，不需要特別的鑽牛角尖，到頭來最重要的，是要對自己負責。」

她看我不是很了解，眼珠子轉動幾次，決定繼續講下去。

「舉例來說，你記不記得你小學的時候坐在你右邊的同學，叫做林姍姍？」

我趕緊搜索記憶，好像依稀記得一個常常戴粉紅色髮箍的女生。

她點點頭：「對，就是她。她後來國中畢業到日本留學，大學畢業後回到臺灣開咖啡廳，而且你每天從家裡走出來都會經過這家咖啡廳。但是你永遠不知道是她，她也永遠不知道是你。喔，等一下，你是知名人物，她知道你，但不知道你每天都跟她擦肩而過。」

我嘴巴微開，不知道該說什麼。

「繼續。你的經紀人的表妹夫叫做陳博漢，你沒有見過他，所以不用勉強自己去記。他和你上過同一個教授的課，甚至還拿過你曾經跟教授借的那一支原子筆寫考卷。啊，接下來這個比較誇張，」她清清喉嚨，「兩年前你在拍一部偶像劇，裡面有一位小童星，小名波波，記得嗎？他的媽媽是你媽媽同事的姊姊耶！你媽媽曾經在公司樓下看過這個小童星，還握過他的小手。」

我記得波波，很有演戲天分的小朋友，記憶力超強，只是沒跟他說過話。

「還要我繼續嗎？」

我搖搖頭，又點點頭，不知道到底想不想知道更多，還是應該就此打住，承認她那一番「巧合無所不在，不需太過理會」的理論。

但她並沒有等我的回應。

「你三歲時在街上撿到一顆球，很乖的還給了它的主人。因爲你走得很慢，他只好原地不動，但也因爲這樣，他躲過了一場車禍。」她笑著看我，繼續說，「你十歲那一年只差五分鐘就會借到你要的漫畫書，後來借走的那一個人因爲跟你一樣喜歡邊走邊看，所以被一輛校車撞到，額頭上永遠都留著一個大疤痕。」

我第一個反應是：又不是我的錯，難道要我借走嗎？

「所以啦！」火林逮到機會，「我才會跟你說，不要鑽牛角尖想知道對手是誰。你想想看，如果剛好就是這個有刀疤的人在闖關，就算他知道你是他的對手，對他有幫助嗎？」

我終於了解爲什麼她之前拚命強調她是「老師」，而不是「守護者」。

「那麼，這個模擬關裡的機車騎士，他後來做了什麼選擇？」

「他試著減低速度，但還是無法避免。況且，這也不是正確的選擇。正確的選擇是停下來，回到現場關心你們。」

就像河川說的：無法選擇結果，只能選擇事後的態度。聽完火林的苦口婆心，我知道要她透露這關的對手根本不可能，而且好像也不再有這個強烈的欲望。

況且火林說的沒錯。這個「對手」很可能只是個路人甲，很可能只是個超商的店員，很可能只是我打電話時，幫我轉到錯誤分機的接線生。人海茫茫，錯綜複雜，就算知道又如何？我肯定不了解對方的來龍去脈，更別想要比他早出手。這是火林試著說服我不要再繼續追問的原因。

火林又鞠了一個九十度的躬。「謝謝你的諒解。很抱歉，這是規定。」

規定。就好像打電動一樣。

當螢幕上出現「過關」兩字，心跳會加重幾次，為自己鼓掌，直到進入下一關才發現更多上一關沒有的機關、障礙物。我不常玩電動，偶爾為了打發時間不想跟奇怪的人交談，才會拿出手機玩Candy Crush。這種東西真的會上癮。原本過了好幾關，覺得一切都在掌控中，直到下一關竟然突然出現炸彈或巧克力，就會燃起一種被騙的感覺。

然後呢？生氣了幾天，再度拿起手機，繼續試著破關。

這就是我此刻的心情。我看到了炸彈，遇到了自動出沒的巧克力，不爽之後只想知道接下來如何過關。

「那是什麼？」我突然看到天空左上方的一個小洞。這個橙紅色的小洞明顯的破壞了整片天空，像是一個細菌開始蔓延。

我心裡有個不好的預感。只要是破洞，應該都不是好事。

「是你的生命。」火林望著天空，憂愁的看我，「小安，我們必須要說再見了。」

她從口袋掏出一塊金幣，跟河川給我的金幣長得一模一樣。

「到時候會有用。」她很肯定的說。

我看著她，又看著那匹長了鹿角的白馬，已經開始懷念與他們的相處時光。好不容易跟火林建立起忘年友誼，又因闖關結束而被迫告一個段落。

她握住我的雙手，聚精會神的看著我說：「下一關很有可能就是你最後一次闖關了。」

這一句話像是硬逼我吞下好幾千斤的石頭，我連張嘴都很困難。

看著火林的表情，她的不捨與擔憂不比我少。也因爲這樣，我選擇與她好好道別，不讓她和河川一樣無預警消失。畢竟我們一起走過一段艱辛難熬的山路，也分享了我從未和其他人吐露的往事。她是我的守護者，我的老師，我的陪伴者。

她給我一個加油的笑容，點點頭，接著那雙紫靴子一塊一塊消失，像一個電腦製作的影像被操縱者抹去。臨走前，她大叫：

「如果有機會再重新來過，別忘了，閃電燒火之後，要重新開始，重新啟動……」

接著抹除的是她的身體，然後是脖子。

「後會有期了，小……」

就這樣，她消失了。

第十四章

那個橙紅色小洞雖然整體是橢圓形，但周圍歪七扭八，角落還會延伸出奇怪的小手小腳，很像以前在生物課看過的阿米巴圖片。它的不規則令人感到無法掌控，很容易與生命的盡頭掛鉤。我的生命就在這團橙紅色阿米巴當中落幕。

我突然懷念起火林幾分鐘前還在身邊的感覺，最起碼我還可以跟她說說話，諷刺幾句發洩，但現在連這樣的人選都沒有。

我的下一個守護者會是誰？他會像河川那樣有氣度，任由我耍脾氣吐槽這個遊戲的可笑之處嗎？還是像火林一樣像個啦啦隊，總會找到機會頒發個最佳進步獎給我？

下一位守護者將會是最後一位守護者。他如此重要，我忍不住花時間猜測。只是猜了老半天，他一直沒出現，我只好一直盯著阿米巴看，希望自己有什麼特異功能可以透過眼神讓它瞬間消失。

它代表我的終點，一個生命的結束。

我從來沒有想過我的生命會因爲闖關失敗而宣告終結，我的確曾經有過這個念頭，如果生命即將結束，我會把該做的事做好，該修補好的關係修補好，與心目中最重要的幾個人經常相聚，日夜陪伴。我知道總有一天，我會需要跟鍋蓋王再度回到九又四分之三月臺的日子，述說沒有對方的那段日子發生了什麼鳥事，把空隙塡滿，好像我們的友誼從來沒有間斷。我也知道總有一天我會需要回去面對媽媽，把我們之間沒有爸爸的那段時光撿回來，兩個人需要痛哭一場，把遺憾收進抽屜。

還有雨棠。我知道總有一天，我會需要敲敲她的門，告訴她這次眞的不一樣，只要還有愛，就一定有出路。雖然這句話講了N遍，但我會想辦法讓臺詞更眞誠、更有魔力。

那團阿米巴在我眼前擴散，雖然速度不快，但如果用肉眼盯著它看，就會看出它的確往四周延伸。

小時候，我和雨棠、鍋蓋王經常躺在在九又四分之三月臺前的那塊草地上，看著白雲隨著風而飄動，知道地球就在我們的身體底下轉動，會莫名興起一種感動。我們就像一個雪花玻璃球裡的小小模型，隨著玻璃球搖來搖去，我們也跟著土地晃啊晃的，我們與地球是一體的，沒有人被世界遺忘。

「如果你被世界遺忘，那照理說你的地球不會轉動才對。」我曾經對雨棠這麼說過。

她閉起眼睛，繼續享受與地球一體的感動。

但只有你專心躺在地上，才感受得到這種些微的不同，就跟我眼前這一塊阿米巴一樣。我的思緒再度回到阿米巴身上。因爲周圍沒有任何人跟我說話，所以我永遠會回到它身上，專注看它用千萬秒分之一的速度擴散。

我看著它，它看著我，好像有股吸力，強力歡迎我更靠近。那幾乎是敵人的邀請，正在慫恿我單挑。

與其害怕，不如選擇面對？這不是我闖了兩關的結論之一嗎？

我走向懸崖邊，縮短和阿米巴的距離。當我走到盡頭，突然感到腳底有一部分是踏空的。一低頭，發現球鞋的一半已經超越崖邊，腳趾抖動幾下，小石頭便滾出墜崖。只是等了老半天都沒等到著地的回音，可想而知這就是個無底洞。

我突然想起上一關裡，那個香檳女孩問我的那一個哲學問題。

如果一棵樹倒下，卻沒有人聽到，那它有發出聲音嗎？這是個哲學問題，不管哪一個選項，你都可以寫篇論文發表長篇大論。重點是沒有人知道哪個是正確答案。你認爲它是正確答案，那麼它就是；反之，就不是。

天啊，我的思考方式越來越像這些守護者了，超有哲理的！

這就好像我眼前的阿米巴與無底洞，要繼續望著阿米巴擴散，還是乾脆跳進無底洞？

這也沒有正確答案。

既然沒有答案，不如放手一搏。反正我已經陷入昏迷，阿米巴只會擴散，不如試著用另一種方法突破現狀……

腿一伸，我在空中翻了三百六十度，急速下墜……

速度像是一把利刃，刺在我全身上下，讓我眼睛都無法睜開，雙頰沉重得不得了。我感覺自己是一顆裝了水的氣球，邊墜落邊以爲自己有方法抵抗地心引力，過幾秒就會停止墜落，奇蹟般飛起來，但根本就沒這回事。

過了將近十秒的快速墜落，我開始雙手亂抓，雙腿亂踢，在空中翻騰掙扎，才領悟到飛起來的奇蹟不會發生，也沒有人會來救我。

該放棄掙扎還是繼續害怕？

這時，我想起另一個哲學問題，來自雨棠。

「假裝你現在是雷神。」她說。

「雷神？《復仇者聯盟》裡那個拿著鐵鎚打壞人的肌肉男？」

她笑著點點頭，一副我賺到了。

「對，假裝你就是雷神，然後有一天你的鐵鎚送去維修，所以放假一天。你選擇去迪士尼樂園，買了一堆吃的準備回家，偏偏壞人在迪士尼樂園看到你！」

「這是哪一個迪士尼樂園，怎麼雷神和敵人都在玩？」

「這不是重點。」

「開玩笑的，好，碰到壞人了。」

「對，但是你沒有鎚子！所以你只好拚命的逃，跑啊跑啊，跑得氣喘如牛，跑到屋頂上準備跨到另一座屋頂，可是你手上都是吃的東西！」

「那就放掉嘍。」

「好，你選擇放掉，爲了逃命。」

我點點頭。

「Good choice！你終於跳到另一座屋頂，看到兩個選項，一個是樓梯，另一個是電梯。」

「電梯。」

「呃，但是電梯現在還在地下一樓。」

「好吧，樓梯。」

「Good choice! 樓梯比較快。你一路往下跨，一步跨三個階梯，死命的跑，敵人在後面緊跟著你，到了一樓，發現居然是個死路！」

「那有求救的機制嗎？呼叫鋼鐵人之類的。」

「沒辦法，你沒帶手機。」她甩甩頭，「現在你到了死路，看來有兩個選擇。投降，不然就跳進地面的水溝裡。」

「水溝。逃命要緊。」

「好，雷神跳進水溝裡，但很不幸的，原來下面是一桶又大又深的肥料！」

「肥料？」

「對！喔，還有，非常的臭，臭到雷神吐了，吐到肥料裡面，所以他現在陷於一桶幾乎快蓋到他嘴巴的肥料，裡面參雜了嘔吐物。」

我一直笑，笑到站不起來。

「你整個破壞雷神的形象。」

「沒關係，因爲這個故事中雷神是你。重點來了！」她每次講到最頂端的重點，都會用手把瀏海撥到耳後，「你可以把頭縮進肥料嘔吐泥中，敵人搞不好就不會看到你，這是第一選項，而第二選項就是投降。請選擇！」

天啊，兩個選項都很爛。我看著她，她看著我。

「縮進去，保命。」

「嗯，很好，雷神躲進肥料嘔吐泥，敵人果然找不到他，於是離開現場，留下雷神。慘的是，這個肥料嘔吐泥的桶子其實比雷神還要高很多，所以無論雷神怎麼爬都爬不出來。」

「大叫救命？」

「他試過了，沒用。」

「沒用？那還有選擇嗎？」

「你認爲呢？」雨棠一副得意洋洋的模樣。

「他還有選擇嗎？」

我躺在九又四分之三的草地上，看著雲朵隨著風吹而浮動，想著這個雷神幹麼沒事跑去迪士尼樂園，才會碰到這種倒霉事。如果他在這裡躺著看雲，完全可以避過敵人追趕。

「要不要我揭曉答案？」

「爬不出來，大叫又沒人聽，除非等待。」我回應。

雨棠拚命點頭，「那等待之餘，還有沒有別的選擇？」

這個問題像考試，無解搞不好也是一種答案。搖搖頭，雨棠從草地上爬起來，迫不及待宣布。

「你可以選擇說，唉，眞倒霉，居然被我遇到這種事。」

我心裡出現一個小丸子，臉上布滿被抓包的三條線，因爲我剛剛的確這麼想。

「或者可以選擇說，好險好險，我還是保住性命了！」

她露出招牌笑容。

這就是選擇：可以選擇抱怨，也可以選擇感謝。

她笑起來的時候，連眼睛都會笑。

我最受不了她的笑容。一般女孩子笑的時候，會有一些矜持，會瞄鏡子、會摀住嘴，但我面前這一位大眼女生，笑起來能讓你相信花會搖擺唱歌，鳥會圍起來跳舞，耶誕老公公眞的存在但已退休，牛郎織女早已過著幸福快樂的日子而且生了一堆小孩。一看到她那個笑容，你絕對會放棄憂愁，投向快樂。這就是大家拚命想要認識她的原因，因爲只要跟她說上三句話，你會相信，自己頭頂上的陽光比別人來得明亮，世界終究是美好的。

所以我對她沒轍。

她經常會想出一大堆問題和格言來提醒我：別鑽牛角尖、別再以為自己是全世界最倒霉的人、往好處想，杯子的一半還有水、把酸檸檬擠成檸檬汁、態度決定高度，格局決定結局……那種可以拿來分享在臉書的座右銘，她統統都說過。

所以，當此刻重力拉我往無底洞墜落時，我做出了選擇。我選擇想念她那一雙會笑的眼睛和她的聰明耳朵，選擇回憶我們之間的甜蜜時光。

雷神此刻真的陷入了肥料嘔吐泥，也做出了選擇：我要回到那一段我最想要回到的記憶。

第三部

烏雲光

第十五章

第一次見到她，是在九又四分之三月臺。

國小三年級的她頭髮好長，常常紮馬尾，上面綁著一條好長的紫色緞帶。她走起路來紫色緞帶會搖來搖去，所以遠遠的就會看到她，人群中也很容易找到她。她和鍋蓋王一樣，雙眼皮、酒窩、牙齒潔白，只是鍋蓋王的酒窩在臉頰上所以比較明顯，而雨棠的酒窩位在嘴角下，要仔細看才會看到。全校的人都知道他們是兄妹，爸爸是某家企業的總裁，媽媽是名門世家的千金，一家人都是名副其實的勝利組成員。大概是因爲他們家教太好，剛開始跟他們說話都讓我很想噴飯。

「麻煩一下，可否幫我拿你前面的考卷？」

「可、可否？」我愣住。

鍋蓋王是這樣，雨棠講話也差不多。

「你可以委婉表達你的意見。」

我重複一次，確保自己沒聽錯：「委婉？」

我從來沒聽過三、四年級的學生會用大人用的詞彙說話。當年老師稱讚他們談吐優雅，還要同學與他們看齊，儘量和他們學習。

只是在班上其他同學的感染下，他們也漸漸同化成凡夫俗子了。

「喂，傳一下你前面的考卷給我。」

我鬆了一口氣，不再用「可否」了。

雨棠也是。

「你可以說出你的想法啊。」

我也鬆了一口氣，不再有「委婉」了。

我還記得當年第一次拜訪他們家，看到樓下大廳的保安揮手致意，以爲這就是他們的爸爸，不然幹麼要跟他們揮手？

一進到電梯，裡面馬上響起美麗的交響樂，地上踩的地毯寫著「星期三」。

「爲什麼地毯上說星期三？」我覺得很好笑。

「因爲今天是星期三啊！」雨棠才覺得我好笑。

「那明天怎麼辦？」我覺得他們不懂笑點在哪。

「會換成星期四。」鍋蓋王也覺得這有什麼好笑的？

我立刻發現不好笑，不禁筆直站立，把外套拉鍊拉上，確保自己不會太邋遢。這大概就是有錢人需要的提醒，每天都要有地毯告訴他們今天星期幾。我心裡這麼想。

他們住在三十樓，趁著電梯升上去的時間，雨棠隨口介紹大樓內的設施。她說倒垃圾的地方在地下二樓，爲了防臭二十四小時開著冷氣。頂樓有戶外游泳池，室內有壁球練習室，還有小型保齡球館和卡拉ＯＫ室……

「叮」一聲，電梯抵達他們住的三十樓，我的身軀站得不能再直。電梯一開，他們兩個把淋溼的雨傘打開，也要我依樣畫葫蘆把雨傘直接放在走廊上。

「這樣好嗎？」我說，「隔壁的鄰居不會抗議嗎？」

他們好像沒有想過這個問題，也沒打算回答我。

後來我進到他們家，才知道幾分鐘前問的問題根本是多餘的，整層樓都被他們打通，當然可以隨意放傘。

我看著黑皮叮叮噹噹跑過來，差點以爲這是別人家的狗。黑皮在他們家，看起來就是一隻優雅又經過調教的名犬，一隻名貴到沒有人知道名稱的稀有品種。牠戴在頸子上的狗鍊閃閃發光，皮帶的顏色跟雨棠的紫色緞帶一模一樣。

在我們家，牠看起來就是名副其實的米克斯。

說到他們家，很自然的必須提到他們的父母。梁爸爸經常不在家，梁媽媽偶爾會在，只要有她在的時段，我們一定會吃到那種裡面有小花的透明甜點，還有連皮和籽都去好的柳丁。家裡有兩個幫傭，一個負責伙食，另一個負責清潔，都跟雨棠和鍋蓋王很好，幾乎像親戚一樣。梁爸爸和梁媽媽講話都很客氣，每一次我到他們家，梁爸爸總會問上一句：「小安，最近功課忙嗎？」然後無論我給他什麼答案，他永遠都會回答：「嗯，加油喔！」

梁媽媽也很忙碌，身兼基金會負責人，而且還是好幾個婦女團體的總幹事，偶爾會在雜誌上見到她的身影，也曾經上過幾個節目暢談育兒心得，謙虛中帶點得意，兩個孩子的家教與課業成績是她的獎狀。

雖然生長在富裕的家庭，鍋蓋王和雨棠身上完全沒有富二代的俗氣。我們三個幾乎就像同一個社區長大的好朋友，經常聚在一起看漫畫聊天，我也從來不認爲雨棠是一個「女孩子」。一直以來，她就是一個跟屁蟲，一個朋友的妹妹，買一送一的那個「送一」。

直到有一天，念國三的雨棠拿著一封信到九又四分之三月臺。

「那是什麼啊？」我看到她緊握著信。

她看看鍋蓋王，鍋蓋王看看我，沒有人說話。從鍋蓋王的神情來看，他知道這封信是什麼。

「有人寫給她的情書。」

我一邊看著雨棠，一邊慢動作點頭。不是一般的點頭，是帶著力道的點頭，試著說服自己消化眼前的這一幕。雨棠拿著情書的模樣很靦腆。

我第一次看到她這樣。

雨棠拿到情書不是什麼大新聞，因爲她本來就是學校的風雲人物，大家都喜歡她，連路上的螞蟻小狗都會在她腳邊多停留一會兒，但她總是沒有太多的回應，也沒有任何表示，甚至可以用麻木來形容。

但這次不同。她緊握這封信的模樣說明了她重視這封信。

「他是誰？講來聽聽，我們打個分數。」我好奇問道，之後突然開始假裝咳嗽，還在意起自己的表情自不自然。

她把手鬆開，拆開信封，裡面是一張紫色的信紙。

「是她的顏色，這個人有在觀察。」我心中ＯＳ說。

這也是我第一次注意到紫色是她的顏色。我竟然要藉著別人的觀察才意識到雨棠的顏色，這也眞是夠了，好險雨棠不知道。

寫信的人跟雨棠一樣國三，是學校辯論社的副社長，跟雨棠一起參加過辯論比賽，常常聚在一起討論策略。雨棠說他們的想法很接近，也會挑戰對方的思考模式。

「所以你會跟他出去嗎？」我其實是想要問她喜不喜歡他，但這樣太直接了。

她坐在石頭上，雙腿晃來晃去。

「你是說約會啊？不知道，還在考慮。」她望著天空，想要躲過發自內心的喜悅。

「約會」這兩個字就像燙手山芋，一聽就直接被我扔到窗外。

「先說好，」鍋蓋王說話了，「無論你們有沒有出去或在一起，他還不可以來九又四分之三月臺。」

他說完後繼續看漫畫。

雨棠也沒有再爲他辯解。這就是雨棠，理性永遠多於感性，她也知道這個地方屬於我們三個人，多加一個人不是不可能，只是需要更久的觀察期。

「還有，」鍋蓋王丟一顆小石子到我面前，「你幹麼深呼吸啊？」

「沒有啊，哪有？」

鍋蓋王笑著看看我，然後又回到他手上的漫畫。對面的雨棠嘴歪一邊，兩手一攤，一副「不知道我哥在幹麼」的樣子，也回到她手上的情書。

我突然鬆了一口氣，慶幸自己心裡那一塊還不想面對的情感沒被抓包。當時的我根本搞不清楚自己的心跳從一分鐘七十下加速到一百下是什麼原因，但每次當雨棠講到這個人，我的心跳就是一百以上。

等心跳稍微緩和下來，我會假裝不經意問一些他們交往的最新消息，表示關心。

「我也不知道什麼叫做在一起。」雨棠認眞看著我，「你知道嗎？」

「應該就是……你也喜歡他，他也喜歡你。」我結結巴巴，認爲這些字句實在很俗氣，甚至有些刺耳。

「喔，如果是這樣，那應該是吧！」她笑得很內斂，像是不想讓人發現自己挖到神祕的寶藏。

我在心裡默默做出結論：我應該無法跟這位辯論社副社長當好朋友。

對於高中一年級的我來說，其實很難釐清自己對這整件事的想法。有時候覺得自己只是不習慣雨棠身邊多了一個不是我和她哥哥的男生，但有時候又覺得這個男的會搶走雨棠。但是搶走雨棠也有很多不同的解釋，是怕失去一個朝夕相處的好友，還是有別的事害怕被掀開？

我不敢想，因爲如果有了結論，那下一步怎麼辦？

有一天，我和雨棠約好要去學校看鍋蓋王練球，再一起去吃冰。我抵達學校後，看見鍋蓋王在場上汗流浹背的灌籃，忍不住鼓掌叫好，旁邊的粉絲尖叫聲也如雷震耳。

沒多久在球場的另一邊，我模模糊糊看到雨棠走進場內，身邊多了一個男生。他又高又瘦，穿著暗紅配深藍的格子背心，戴著黑框眼鏡，笑容可掬。從他走路的姿勢來看，是一個有自信、好勝心頗強的人。如果出身在清朝末年，應該會是革命黨積極招募的第一人選。

我下意識把身上的帽T抓起來聞嗅，確認這件昨天有洗過。但糟糕的是，腳上那雙黑漆漆的球鞋完全顯露出我的邋遢與無所謂。我收起雙腳，撥撥頭髮，刻意表現風度。

「嗨，你應該是小安吧？我姓柯，大家都叫我阿柯。」眼鏡男伸出手來和我打招呼，他握手的力度剛好，雙眼直視著我。

和我握手之後，他和雨棠便在我旁邊坐下。雨棠比平時緊張，對著我微笑。我注意到她今天把馬尾盤起來，弄成一個包包頭，紫色緞帶若隱若現的固定在裡面。我看著她那雙像米老鼠的耳朵，有股衝動想要多看她一眼，但我不敢。

整場練習我們都沒有對話，我的頸部僵硬，不敢斜眼看他們，耳邊時常傳來他們的笑聲，也聽見雨棠時不時飄來一句：「對不對，小安？」但我唯一的回應都是點點頭，假笑幾秒。等到鍋蓋王練習結束，我們四個人一起去吃冰，阿柯還很大方的請客。鍋蓋王坐在我旁邊，對面是雨棠和阿柯。

他們兩個突然從籃球的話題，轉向即將比賽的辯論題目，聽起來是有關某個海洋的擁有權屬於哪一個國家的議題，兩人還會腦力激盪互相質問，很像雨棠會做的事。中間鍋蓋王會插上幾句話，也會問一些問題，最後突然用手拍拍我的背，大聲把我從恍神中叫醒：「你覺得呢，小安？」

我對他們討論的話題一無所知。

我擦擦嘴，想拖延時間，因爲我根本不知道他們在講什麼。阿柯似乎想到什麼，轉向雨棠，繼續挑戰她。

「等一下，不對不對，我越想越覺得你剛剛的立場會令對手有機可乘，因爲太多漏洞，到時候你還是跟著我的方向走下去，聽我的指示才行。」

說完後，他大口把盤子上的冰吃掉，沒打算給雨棠反駁的機會。我和鍋蓋王互看一眼，有些訝異。那個有理不饒人，又喜歡講最後一句話的雨棠，怎麼可能就此罷手？

我看她張開嘴，居然在考慮要不要挑戰身兼辯論主辯的男友。那個好勝心破表的雨棠，在阿柯面前，逃遁到毫無蹤影。

阿柯嚼動食物的樣子有點難看。我看看他，又看看身邊的雨棠。

阿柯一點知覺都沒有對著我說：「我聽雨棠說你很愛看漫畫書，我也滿愛看的。」

講到我的強項了。

「是喔？你最喜歡哪一本？」

「有一套漫畫我超愛的，但是……啊，一時之間竟然想不起書名。不過我最近看到一部令我印象非常深刻的網路漫畫，我敢保證你絕對沒有看過！」

「哦？」我接下挑戰書。

「是韓國的網路漫畫，叫做《與神同行》。」

照理說我應該摩拳擦掌，發揮一下自己的拙見、偏見、淺見與成見，但偏偏我真的沒聽過這部漫畫，這可是我頭一回碰到這樣的窘況。

「果然沒看過吧！哈哈，」他抹抹嘴巴，「剛好我會韓文，有朋友告訴我一個網路平臺，裡面都是新興漫畫家的作品。」

「內容是什麼？」雨棠明顯想替男友加分。

「很有趣的主題。在講一個過勞死的人，被送到地獄審判他陽間所做的一切，過程有律師幫你辯論。作者的畫風很有趣，有很多好笑的地方，但也有很悲傷無奈的事。不知道人死了以後，是不是眞的有審判，有沒有律師或神仙陪你過關斬將……」

我不經意咳了兩聲。

「看來你覺得沒有嘍？」阿柯的語氣帶有挑釁意味。

我用手肘碰碰猛吃冰的鍋蓋王，「你覺得呢？」

鍋蓋王了解我們碰手肘的默契，就是替對方接話。

「我希望有。」他把空盤子往旁邊放，眼神誠懇的回答這個問題，「總覺得如果能夠在眞正結束生命以前，清楚的知道自己到底做了哪些錯誤的決定、好的決定，才像是眞正結束生命。我不知道有沒有，但我希望有。」

我沒說話。或許是生命裡太多坑坑洞洞，我還無法塡補，也搞不清坑洞的來源，如果眞的要審判，我要如何面對？再者，說什麼有律師還是神仙來幫忙也太扯了。

「那你覺得呢？」阿柯還在等我的答案。

我沒說什麼，聳聳肩，跟大家說沒想過這件事，需要時間思考。

「我有一個想法！」雨棠興奮的看著阿柯，「這個題目可以拿來練習法庭辯論耶，不如就這個星期五！」

「不行，」阿柯否決雨棠的建議，毫不留情，「你果然是女生，想法不切實際。這個題目根本不適合拿來法庭練習！一個沒有科學證據的題目，怎麼讓新生模擬啊？而且這個題目落在實際生活中，眞的可以上法庭嗎？」

他的嘴邊有一滴紅豆渣，不知道是因爲紅豆渣還是他對雨棠的嘲笑，讓我想宣告對他的不屑。

但，鍋蓋王捷足先登。

「這跟性別沒太大關係吧？」鍋蓋王故作輕鬆閒聊，免得令雨棠難堪，「女生也有辯論冠軍的吧？肯定有的。」

「沒有，目前爲止沒有。我是覺得女生太情緒化，容易一被對手打擊就亂了方寸。」阿柯立刻回答。

他言之鑿鑿的模樣好像自己的言論很正當，坐在一旁的雨棠臉上有種說不出口的複雜情緒。

一個是從小優秀能幹的女孩子，另一個是對女性主義頗爲反感的大男人，兩個人在一起，會是個無解的難題。

沒想到下一秒，阿柯居然自投羅網，重新回到我的強項。

「《鋼之鍊金術師》！」阿柯對著我突然大叫：「我想起來了，我最喜歡的漫畫，就叫做《鋼之鍊金術師》！兩個兄弟爲了讓死去的母親復活，不顧後果練了不該練的煉金術，結果造成身體殘缺，一個失去左腳和右手，一個失去整個身體。我覺得作者實在太有才，把故事連結到哲理與人生看似美好卻煎熬的一面。」

該是我上場的時候了！趕緊移動這盤棋。

「你知道作者是誰嗎？」

他馬上激動的拍拍桌，掉進我設計好的局。

「我知道我知道，有點想不大起來，叫做、叫做……給我一點時間……」

「荒川弘。」

「對，沒錯！荒川弘！」

「你知道荒川弘長什麼樣子嗎？」

阿柯聳聳肩，覺得我的問題有點怪異，誰管作者長什麼樣啊？

「她又瘦又高，講話很溫柔，是個女的。啊，對了，你大概不知道，其實有很多漫畫家是女的！像這位荒川弘本名叫做荒川弘美。」

我越講越大聲，乾脆把其他幾位知名的女性漫畫家一併丟給他。

「《亂馬1/2》的高橋留美子、《驅魔少年》的星野桂，把耶穌和佛祖拿來做文章的《聖哥傳》，我後來發現作者也是女的，叫做中村光。」

阿柯不以爲然。

「明明叫荒川弘美，幹麼要改名叫荒川弘啊？她八成也覺得女性漫畫家不受大眾歡迎吧？」

「喔，她刻意改名，因爲……」我伸長脖子，雙眼直視著阿柯，「她知道世界上就是有人對女性的才華有偏見，所以取了個中性的筆名。」

我目不轉睛的盯著這位對女性有偏見的辯論社副社長。

他尷尬的轉頭，看到雨棠的盤子裡還有幾口冰，問也沒問就直接拿到自己面前。

「這你不吃，我吃。」

然後又是那個不大好看的吃相。

不等阿柯反應，我把紙巾遞給他，指著自己的嘴角。他拿過紙巾，擦擦嘴角，看看紙巾，居然有些生氣。

是在氣自己沒注意嘴角有紅豆渣？還是生氣被我將了一軍？

倒是雨棠，她的神情依舊苦澀，卻又像是帶著幾分竊喜。

鍋蓋王果然是大哥，他一語打破沉悶又不安的氣氛。

「啊，已經都快六點半了，走吧，要不要來我家吃飯？」他看著我，又看看眼前這一對尷尬的情侶。阿柯馬上說自己有事，跟雨棠道別後向我們點點頭，接著便竄入街上人群中。

「走吧，我好餓！」雨棠站起來。

一路上沒有人說話，我一直看著雨棠的背影，不敢靠她太近，也不想離她太遠。進到他們家，雨棠直接衝進房間。

我開始有點罪惡感，我是不是說錯了什麼？

「沒事，」鍋蓋王說：「雨棠需要靜下來想想，我們自己吃飯吧！」

過了幾個星期的某一個週末，我到九又四分之三月臺跟他們碰頭，但來的人只有雨棠。

「喂，」雨棠的臉頰在夕陽下，特別紅潤，「一直很想問你一件事，很重要。」

我放下漫畫，爬起來盤腿而坐。

如果要說起人生幾段最難忘的片刻，那麼這個摩門特會是我的前五名。她的眼神散發的是溫柔，是曖昧，是投降。不是壞的投降，是好的投降，那種願意被另一個人牽著手的投降。

「我很想知道你那一天提起《鋼之鍊金術師》作者的原因。」

雨棠的眼神裡充滿神祕的理解，嘴角藏了期待。她想證明自己的猜測正確，但那不是自負，也不是驕傲，更不是故作聰明。

難道她在等我告白？

OK，馬上進入分析狀態：

選擇A：她眞的在等我告白，而我也告白，那眞是皆大歡喜。

小提醒：但是，我眞的喜歡她嗎？萬一後來才發現不是，那麼我們的鐵三角豈不是要崩盤？

選擇B：她不是在等我告白，而我卻告了白。那就是一場悲劇，鐵三角必然崩盤。

小提醒：不要亂告白。

選擇C：她眞的在等我告白，而我選擇不告白。雖然有些殘忍，但鐵三角應該可以維持。

小提醒：只要回應得當，或許可以免去尷尬。

選擇D：她其實沒在等我告白，而我也選擇不告白，這才是眞正的皆大歡喜。

小提醒：你確定自己眞的不喜歡她嗎？

用腳趾頭想也知道C和D是最安全的選擇，於是我舉牌選擇答案C和D——因爲兩項選擇我都是做同樣的動作。

「對，爲什麼你在阿柯面前把《鋼之鍊金術師》的作者是個女生這件事，講得如此義正詞嚴？」她又再次問我。

我低頭想了很久。不是我不肯說，而是要再次確認。

「你想很久了喔！」

她開始用女孩子撒嬌的方式催促，讓人不得不趕快給出答案。

「OK，」我雙手抱胸，正經起來，「我只見過阿柯一面，或許我對他沒有那麼了解，但是雨棠……」

但是什麼？我腦筋裡的糨糊突然缺水，黏稠到無法釐清。

「你是這麼的特別，應該……應該……」我一時找不到對的字眼。

雨棠的眼神像是看到電視劇最精采的部分卻突然信號中斷，恨不得想幫我講完。

是選擇A、B、C，還是D？

號稱縮頭烏龜的我，做出這樣的選擇。

「OK，被你選中的男生，應該是那種看著你的時候，會忘記自己在幹麼，會覺得自己講的話都很蠢，會把最後一口冰留給你吃，然後會把你那些超乎尋常的想法當成至理名言、貼在臉書上和大家分享，還會拿來做暖暖包的人才對！」

她要笑不笑。「暖暖包？」

「喔，就是很冷的時候，會拿出來溫暖一下。啊，好啦，這個比喻有點蠢，就是……不知道怎麼說，你了的！」

她漾起笑容，那不大明顯的酒窩變得深邃，像漩渦般吸住我的目光。

她知道我要表達的意思。這就是青梅竹馬的好處，即使講不清楚，對方還是猜得到。

「我很特別嗎？」她低著頭，雙腳不自然的擺動，「我覺得我滿平凡的。」

我拚命搖頭，想爲她辯解。

還沒開口，她馬上改變主意。

「嗯，或許比平凡的人再不平凡一點點，但只有一點點而已。」

她把食指與拇指湊得很近，一隻眼睛瞇起來，表示眞的只有一點點。

對我來說，雨棠應該被冠上一個英文單字。

「上學期我曾經背過一個英文單字：extraordinary。」

雨棠雙眉緊鎖，一副幹麼要背英文單字的表情。

「extraordinary，非凡的意思。」

當時我一直背，一直背，因爲實在很不好唸。後來鍋蓋王說，把extra和ordinary分開，就很容易唸出來。

extra是多出來的意思，ordinary是平凡的意思，兩個加起來就是非凡，鍋蓋王的方法果然有效。有時候文字拆開來，會開啟一扇有趣的哲理之門。

我回歸正題。

「我想說的是，即使你認爲只有一點點不平凡，但只要比平凡多出來一點點，就是非凡了。」

她的雙腳突然停止擺動，懸在半空。我把眼光從她的雙腿移到臉部，竟看到漫畫裡少女才有的那種星星閃亮眼神，正出現在雨棠的臉上。

「你……你怎麼了？」

她好像有點感動，只是卡在喉嚨，無法言語。沒多久，她馬上又吞回感動，變回那個講道理的女中豪傑。

「沒有人用『非凡』這兩個字形容過我。宋宥安，你是第一個。」

「當然，」我傻笑，「因爲你是妙麗，我是哈利波特，我們是永遠的朋友，永遠支持對方。」

妙麗最後沒有跟哈利波特在一起，而是跟榮恩在一起，所以我選擇了C。

她看著我，流露一抹感恩的笑容，算是安全過關。

但我卻開始難過起來。難道D的小提醒眞的開始發酵？

倒是雨棠的回應，令我對她和她的家庭有了另一種看法。在我心目中，甚至在我們家裡，她是那個永遠有電的手電筒。每一次我和媽媽陷入困境，找不到爸爸死去的答案時，她是那個拿著一把手電筒待命的救生員，也是那個在我最慌張時，會靜靜坐在一旁遞蘋果西打給我的小女生。她是如此的非凡出眾，如此的與眾不同。

她値得擁有一個跟她旗鼓相當的男生，而那個人，不是阿柯。

「拜託，你是學校的風雲人物耶！是辯論社臺柱，還參加過英文演講比賽和游泳比賽。我還沒說到啦啦隊的編舞……這麼多頭銜，你不覺得自己有一點點非凡嗎？」

我回到兄弟般的語氣，而且講到「一點點」時，也學她用手指比出微小的手勢。

她苦笑。

「對我們家的人來說，這是平凡。」

原來如此。

從她講出這一句話的那一刻起，我才眞正開始了解雨棠。

人往往用自己的世界來看待別人的世界，並且用自己的世界來評論對方的世界，就好像我對他們兄妹倆的世界幾乎只有羨慕和欣賞。但對他們來說，父母的成就造就了一堆與他們家禮尚往來的上流族群。他們的非凡是一種平凡現象，是很自然的。無論他們得到多少掌聲、獎狀，或是任何可以放到臉書上炫耀的豐功偉業，在他們的世界裡是一件很正常的事。

也就是說，他們不知道什麼是平凡。既然不知道什麼是平凡，怎麼會知道自己非凡？

過了一個星期，雨棠正式與阿柯分手。

那一次，我失去了跟她告白的機會。即便我們很努力回到以前稱兄道弟的友誼，但就是少了以往的自然，多了嗅不出的尷尬。

第二次看到雨棠身邊有男孩子，是她高中一年級的那一年。雨棠到我們高中不到一個月，就成爲學校男生討論的焦點人物，一天到晚有人在我耳邊談論她，包括她喜歡什麼顏色，她私底下是什麼樣的人，她聽什麼音樂，交過幾個男朋友……

在我聽來，幾乎就像在討論一個我不認識的人。雨棠不就是一個馬尾上紮著紫色緞帶，一天到晚喜歡追根究柢，跟在屁股後面意見頗多的小雞婆？沒想到一夕之間，那個跟屁蟲成爲了眾所周知的校花兼模範生，以及大家打聽小道消息的對象。

讓人不習慣的事接二連三發生。

有一天我拿著拖把拖走廊，眼角瞄到一個身材高眺，雙腿又直又細的女生。她迎面而來，步伐穩健，無心顧及其他人的目光，很明確知道自己要到達的目的地：我面前。我是不是都沒有特別注意到雨棠的身高，怎麼一下子變成林志玲？再來，她的頭髮竟然剪到連我的頭髮都比她長！

「喂，今天放學後，老地方。」

「你的頭髮怎麼了？」

她嘟起嘴，有些小不爽。

「你是想說，我的新髮型剪得不錯是嗎？謝謝。」

雨棠轉身一離開，同學們一窩蜂的跑到我周圍，想要打聽關於她的事。

下課後，我馬上找到鍋蓋王，問他雨棠的短髮是哪一根筋不對？鍋蓋王淡定回答：「大概爲了證明些什麼吧！反正放學後再問她嘍！」然後便換上運動服，衝到籃球場，接受女孩子們的尖叫。

哥哥是球場的萬人迷，妹妹是學校校花，高中實在是個容易被貼上標籤的複雜社會啊！

但有了標籤，就需要付出代價，必須承受隨之而來的輿論。雨棠之所以剪個男生頭，除了不想再成爲全校男生口耳相傳的校花之外，她更希望吸引到的人，是個眞正了解她，愛慕她頭腦勝於外表的男生，而不是像上次那個有性別歧視的阿柯。

「我有男朋友了。」

這就是雨棠要我們下課後集合的原因。

這一回她不再跟上次一樣靦腆，雖然還是可以偵測到她內心小鹿亂撞的喜悅。這一回我不再跟上次一樣心跳到一百，雖然還是可以偵測到我內心小鹿撞到大樹的震撼。

鍋蓋王用大哥的口吻，要雨棠介紹一下這位新男友的身家背景。

「他比我大兩屆，所以比你們大一屆。」

「哇，是學長。」我故作開懷。

鍋蓋王沒說什麼，倒是用了種微妙的眼神看我一眼。

接下來雨棠的敘述像是我們中間隔了一層壓克力板一樣變得模糊不清，言談中我大概抓到幾個重點：校刊、報紙、記者。這位她口中的「歐學長」想必是她加入校刊社後所認識的同學。

第一次見到這位歐學長是在雨棠家，她把他叫到家裡，正式介紹給爸爸媽媽和兩位管家阿姨來鑑定。以我多年在梁家走動的經驗，看得出梁爸梁媽和管家林阿姨都很欣賞歐學長，算是蓋了個「核准」的章。唯獨另一位從小照顧雨棠的阿香姨沒說什麼，也看不出她心裡的印章刻的是什麼字。

歐學長只比雨棠高半個頭，頭髮長至耳下，因著自然捲四處飄散，十足文藝青年的模樣。除了臉上一副文青眼鏡，白色寬鬆牛仔褲與淡藍色的襯衫很平易近人。

掃射完歐學長的全身，我發現歐學長也在做同樣的事：掃射我。

我忍不住跑進廁所，檢查鏡子裡的自己。

我的捲髮一直是弱點，一頭要長不長，要短不短的髮型令我束手無策，而那雙號稱內雙的單眼皮更沒有加分，唯一爭氣的大概只有鼻子和眉毛。對，雨棠曾經說過我的眉毛又濃又黑，可以比擬漫畫裡沒有太多表情的酷酷男主角。

我拉上學校外套，洗把臉，提醒自己：那又怎樣？爲什麼最近變得這麼在意外表？不過上了高中後，的確會開始在意自己的形象。我把這些不應該過分在意卻又不得不在意的自我形象歸咎於高中生活。

從廁所裡走向餐桌，耳邊傳來的是火鍋煮沸的聲音和歐學長的侃侃而談。

雨棠的爸爸是企業界的大腕，眼鏡後面那雙洞悉人的眼光總是會在對話間上下打量對方，最後永遠給予正面回應。至於背後的想法爲何就不得而知。梁媽媽穿著依舊講究，就連跟著阿姨忙進忙出時穿的圍裙都很有格調，指甲油塗得完美無瑕，口紅的顏色令皮膚更顯白皙。

「校刊社最近怎麼樣？正在進行什麼項目？」梁爸爸擦擦眼鏡，有些倦容，但還是擠出笑容。

一聽到這裡，雨棠像是拿到參賽資格般，又回到那個很興奮、想把自己的想法昭告天下的國小三年級生。「社團老師要我們每人提出想要深入報導的話題，如果被選中，就有機會被刊載到《大眾時報》！」

「是嗎？」梁爸爸慢條斯理的從鍋裡撈出麵條，「你們想要做什麼樣的主題？」

他們兩個敘述各自的主題，令我們大家對這對新情侶有了另一種解讀。歐學長認爲要刊載到《大眾時報》，絕對需要跟政治和社會現象沾上邊，而以《大眾時報》的政治色彩，多一點對執政黨施政缺失的批評，更有可能突破重圍得到刊登機會。

「所以我決定要做有關年金改革的效應。」

說完之後，一片鴉雀無聲。這個主題離我們很遠，連要表達意見都說不出半句話。

雨棠看來已經知道他的主題，沒有太多驚訝。

「好嚴肅的主題啊，」鍋蓋王打破沉默，「那你呢？」

「喔，我……」雨棠支支吾吾，「我有點想去採訪那些在國父紀念館練舞的學生。」

我想雨棠的支支吾吾是來自空氣中的落差。一個像是穿西裝的大人談論的主題，另一個是穿著制服的高中生才會有興趣的話題，相較之下，雨棠的主題顯得很「學生」。

即便如此，我心中還是燃起了火花，不是強烈炙熱的烈火，而是像蠟燭一樣散發出平靜與溫暖。

因爲那就是雨棠。

她喜歡人，喜歡人類，喜歡人類發生的故事。她善於呈現一個完整的故事，讓大家看完有感動，有衝動，有想法。

「我覺得這主題很棒，讓我想起你拍的第一部紀錄片。」

雨棠看著我，露出酒窩。

「張阿北！」鍋蓋王笑著接話，「我記得我記得，那個人白天當警衛，晚上做街頭藝人，超有趣的！」

我們三個不由自主的笑出聲，說起那段陪著雨棠第一次做紀錄片的蠢事。

當年她才五年級，我們六年級，有一回在漫畫店看完漫畫，一踏出店門外發現天色昏暗慌張不已。我們完全沒注意到時間，鍋蓋王和雨棠有門禁，以至於他們冷汗直流。我和他們在街道上狂奔，跑過大街小巷，穿過小吃攤，卻有一個突然停了下來。我一回頭，看到雨棠沒有繼續跑，反而站在一棟百貨公司門口的廣場，欣賞街頭藝人自彈自唱。這位街頭藝人有些淒涼，不只因爲圍觀的人只有小貓兩三隻，還因爲他整個人的模樣。他看起來大約五、六十歲，頭髮大概被廉價的染髮劑染過，一大片試圖挽回青春的咖啡髮色跟額頭上的皺紋很不搭。這還不是最慘的，更令人心酸的是他選的歌曲跟他整個人都很不協調。

「他唱的是五月天的歌，老人家唱五月天，這……」鍋蓋王想笑又不敢笑。

「你們看不出來他是誰嗎？」雨棠的眼神沒有離開過街頭藝人。

沒錯，那個人就是我們學校的警衛張阿北！我們跟張阿北一點都不熟，但他每一天都在學校門口盡忠職守，確認只有學生進入校園，沒有閒雜人等混入。他不苟言笑，看到不友善的大人進來校園會大罵，而且嘴角永遠往下垂，一副厭世神態。我們偶爾會看到他在那間不到一坪的管理室瞪著破舊的電視，而且永遠只看布袋戲。

然後這一位厭世張阿北，竟然在我們眼前唱起五月天的歌，彈吉他的技巧熟練，閉著眼睛陶醉的哼唱。

雨棠走向他，眼裡含著無盡的驚喜和欣賞，直到張阿北睜開眼，才知道有個小歌迷正痴痴望著他。張阿北唱完最後幾句歌詞，把吉他放下，鞠個躬，露出我們看過的第一個笑容。

之後我們偶爾會刻意經過廣場，張阿北有時候在，有時候不在。

終於在某一次九又四分之三月臺的大石頭上，雨棠吶喊出她的計畫，而且用了「如果不」的遊戲來逼迫我們一起參與。

「如果你們不陪我做這件事，我會自己一個人去做。」

我和鍋蓋王放下漫畫。她鼓起勇氣，一口氣說下去。

「我想要採訪張阿北。我想知道他為什麼要唱歌？為什麼要當街頭藝人？然後為什麼還要在學校當警衛？我想知道他的動機。」

其實老實說，這些問題我也想了很久，只是我沒有記者追根究柢的精神，所以把這些問號丟進腦海標示「不重要」的箱子裡。

不過既然有人如此有興趣，何不跟著挖掘？

就這樣，我們開始陪著雨棠用手機錄下所有的訪問。她還把整個影片寫成簡短的報導，送給張阿北。阿北看得痛哭流淚，因爲他覺得自己是這部片的男主角，他的喜怒哀樂全都在影片中交代得一清二楚，很賺人熱淚。在阿北的同意下，我們把報導交給編輯學校刊物的老師，讓大家重新認識這位不苟言笑的厭世警衛。

童年那些有點蠢又有些可笑的舉止行爲，令我們三人陷入記憶，隨著火鍋的煙霧散去，旁邊的人只能尷尬陪笑。

「所以，」歐學長切斷我們三人微妙的默契，「張阿北有什麼故事？」

雨棠擺起高中生的半大人臉，夾起一片牛肉到自己碗裡。

「他年輕的時候本來要當歌手，結果因爲老婆車禍無法走路而放棄，改行成了警衛。但那股熱愛音樂的心還是癢癢的，所以只好晚上跑去當街頭藝人，順便賺外快。」

「那篇報導刊出後，張阿北還受邀在校慶演唱喔！」我跟著回應。

歐學長點點頭，用手摸摸雨棠的後腦勺說：「國小就這樣，很不錯了！」

我全身不自在，心裡的OS又開始爲雨棠打抱不平。

一個小學五年級生能夠製作出感人的訪問片段，掀開這位厭世阿北的另一面人生，激起阿北藏在吉他裡的熱誠，搞不好還因此啟發某些小學生幼小的夢想，而這樣的事蹟，居然在歐學長眼裡只有「很不錯」？不但如此，他還摸摸她的頭，就像一個大人在敷衍小孩子的平凡舉動……有沒有搞錯？

我默默望著雨棠，等到我們目光交會的那一刻，她選擇閃躲。

她繼續吃肉，繼續放菜，繼續找話題。

此時，梁爸爸的電話響起。

梁爸回著「嗯嗯，好，馬上」短句，很順理成章的在他掛上電話之後，向大家宣布他要回公司處理緊急事件。梁媽立刻用那張放在桌上無人敢使用的漂亮印花餐巾擦擦嘴，抿抿嘴脣，確保口紅均匀存在，然後從容優雅送梁爸出門。梁爸關上門以前，回頭說一聲：「你們都很棒，加油喔！」

這就是梁爸爸。永遠正面，永遠支持。小學的時候覺得他的支持好有力量，長大後才漸漸了解那是大人忙於事業，鼓勵小孩最簡單的方式。

那天晚上我看著雨棠，凝視她心中那份希望被真誠認同的渴望，我終於理解爲什麼她的非凡沒有被敲鑼打鼓的認眞看待。生長於一個贏在起跑線的家庭，很難全勝。

「啊，對了，我差點忘了跟你們說一件事！」雨棠喝湯喝到一半，手拍拍桌子說：「學校給校刊社的經費不夠，所以我們會舉行一場很酷的萬聖節派對，用門票和攤位來籌措經費。先說好，你們兩個都被我報名了。」

我和鍋蓋王互看幾秒，不知道還能說什麼。

歐學長進一步說明派對的要求。

「這次有兩個規定，第一、一定要穿的像電影裡某個角色，第二、一定要有舞伴。」

「爲什麼！」鍋蓋王的語氣不是問號，是驚嘆號。

雨棠解釋：「因爲到時會有很多攤位和遊戲，我們一致認爲只要有舞伴，男生就會願意花錢幫女生贏個毛茸茸玩具什麼的，而且也會請女生喝東西。」

「講到這裡，」歐學長轉頭面向雨棠，語氣添加溫柔，「你想好要扮成什麼了嗎？我上次看到間不錯的道具店，要不要過幾天一起去看看？」

雨棠散發著戀愛中的女人才有的氣息，開心的回答：「好啊！還可以順便去吃那一家新開的可麗餅店！」

他們兩個就這樣你來我往，從原本的角色扮演服裝到可麗餅、電影、蛋糕課程……熱戀中的人，總有做不完的新鮮事。

一向沒有太多意見的梁媽坐在雨棠旁邊，安靜的聽他們兩人蹦出甜蜜的約會行程。她一向優雅知性，聽完他們的計畫，微微說出「年輕眞好」之類的話，便叫管家阿姨收拾桌上的食物，自己也回到房內。我看時間不早，跟大家告別後準備騎腳踏車回家。阿香姨把我的背包遞給我，關上門以前用一種微妙的笑容與我道別。

「小安，希望你也趕快交一個女朋友。」

我接過背包。

「謝謝，我還好啦，沒有女朋友也沒關係。」

她點點頭，同意我的回答。

「對，寧缺勿濫，寧可一個人，也不要交到一個不對盤的。倒是……」她突然把聲量放小，「我從小看你和雨翔、雨棠玩在一起，總覺得你們會永遠在一起，你知道嗎？」

我知道她的意思，但畢竟過去不曾跟阿香姨談論這類話題，我友善的敷衍幾句後，便騎上腳踏車，讓涼風清理我複雜的內心。

我知道這個歐學長不像上次那個辯論社阿柯；他尊重雨棠的想法，也頗具有愛護女友的肩膀，還得到雨棠愛戀的眼神。每一次想到這裡，我的雙腿便隨著內心滴滴答答的落雨沉重起來，連腳踏車都騎得歪七扭八。一回到家，我躺在床上，呆看著天花板，身上每根神經都因著這件事澎湃起來，好像喝了十罐伯朗咖啡熬夜讀書一樣。

我想些沒有結果的事，也想些不敢有結果的事。

我到底是不是真的喜歡雨棠，還是只是不喜歡她交男朋友？這兩個答案會有很不一樣的結果。

如果我只是不喜歡她交男朋友，那事情簡單多了。只要她一直交男朋友，我總有一天會習慣、會接受，甚至祝福。

但如果我喜歡雨棠，那該如何是好？話說回來，什麼叫做喜歡，一個人怎麼知道自己真正喜歡另一個人，還是只是愛慕或欣賞？

這些問題令我整晚都翻來覆去睡不著，只能繼續假裝自己喝了十罐伯朗咖啡。問題是隔天考試依舊考得不怎麼樣，所以在熬夜又沒有考好的雙敗結果之下，我認定若自己談戀愛會更慘。也就是說：

宋宥安的戀愛＝慘敗

我決定不再思考這個問題。

但很不幸的，老天爺並沒有要我輕易放棄這件值得思考的事。

就在我想不透、無法釐清的當下，我竟然收到一封情書。這個女孩子拿著一封信走到我面前，雙手把它交到我手裡。

我一打開，裡面除了一封信，還有一首她自己做的詩。她的文筆有深度、有厚度，還有一層務實感。她用牛皮紙包著寫好的情書，代表了眞實，更具有品味。她叫景陽，景色的景，陽光的陽，剛好跟雨棠的雨相反，是一個有著男生名字的女生，一個會寫詩，喜歡看書、寫書，而且還是全臺北市高中「哈利波特讀書會」的團長，請問我還能說什麼來反駁老天爺的安排？

於是，我的內心亮起燈泡，想邀請她做我的萬聖節舞伴。

「你不覺得她長得有點像我妹以前的樣子嗎？」鍋蓋王說出對她的第一印象。

不說還好，一說就覺得相似度的確有到達百分之七十。只不過景陽的皮膚比較白，身材也嬌小些。她個性介於內向與外向之間，她自己號稱是外表內向，內心外向。

我們經常在校園裡邊吃午餐邊聊天，從閱讀、漫畫、電影到創作的來源，時常讓我驚豔。

我在九又四分之三月臺宣布了此項重大決定。

「我決定要請景陽跟我參加萬聖節派對。」

雨棠聽完的表情好像一隻因爲樓上陽臺澆花而意外被水淋溼的狗；有點驚嚇，但也沒打算生氣或上樓算帳。

其實，我內心期待雨棠的回應，她臉上任何風吹草動都會讓我悸動。偏偏她什麼話都沒有說，幾乎無言以對，連爲我開心的意願都沒有。

直到雨棠先離開九又四分之三月臺，鍋蓋王才告訴我雨棠最近的狀況。

「她的紀錄片碰到一點問題，所以心情不是很好，你不要理她。」

「喔……原來如此。」

鍋蓋王繼續說：「歐學長一投入到自己的作業便忘我，根本沒空幫雨棠。」

我忍不住對雨棠的感情狀態又掛上一堆問號。

而我和景陽則持續在交往的路上產生更多共同點，唯一讓我們有隔閡的小水溝，八成就只有九又四分之三月臺。我試著用很多理由解釋這個地方的重要性和神祕性，也用盡力氣安撫她無法加入的不爽情緒，但始終無解。每一次必須暫時離開她到月臺，她就會翻白眼，連再見都懶得說。

其實我大可以向鍋蓋王和雨棠討論讓景陽進來的可能性，但我捫心自問：自己有準備好讓她進到這裡嗎?這個曾經讓我盡情流淚、用蘋果西打來補充淚水的月臺,這個讓鍋蓋王有勇氣承認自己害怕失敗的月臺,還有雨棠大聲朗誦她寫出來的無聊文章的魔法園地,我眞的願意和景陽分享嗎?

就像小孩收集地上撿到的樹葉和榛果,珍惜的放進抽屜,大人會覺得無聊,但小孩覺得珍貴,而且不准大家亂碰、亂丟。

現在回想起來,我知道當時的我並沒有準備好要讓另一個人進到我的生命,見到我的「佛地魔」。

「佛地魔」的比喻來自雨棠,是《哈利波特》裡最令人毛骨悚然的反派。她曾經說過,每一個人內心深處都有那個最脆弱、最黑暗的一面,她稱這些東西爲「佛地魔」,這也是我們後來會在一起的原因之一。我們在對方面前將自己的佛地魔攤開來,狠狠的流淚後坦然接受。

我們選擇伸出手,把對方的佛地魔放在自己的手帕裡,包起來,放進口袋。好像那些傷心也被包起來,而那些脆弱也在手帕中藉著體溫融化。如果兩個人沒有看過對方的佛地魔,就會像我和景陽一樣,永遠有條小水溝在我們中間。

我的佛地魔不外乎就是爸爸的車禍意外,而雨棠的佛地魔不是不來,只是來得遲,而且一來就像海嘯一波接著一波，翻騰的海浪淹沒了美好的沙灘，毫不留情。

第一波海嘯，來自她的校刊主題。

「我決定不交我的初稿了。」

她在九又四分之三月臺宣布。

「爲什麼？」

「對啊，爲什麼？」

她聳聳肩，似乎有說不出的苦水。

「說好了，」我雙手抱胸，「在這裡是要絕對的誠實。」

鍋蓋王也雙手抱胸，同意我的宣言。

雨棠緊閉著嘴，像是一張開就會稀里嘩啦說出不該說的心事。她沒有抗拒我們的追問，只是眼睛轉動的頻率比平時還頻繁。

就這樣耗了一個多小時，我們兩個輪流旁敲側擊，她才願意鬆口。

「我覺得歐學長更需要這個機會。」

她說出這句話的時候，連看著我們的勇氣都沒有。雨棠承認爲了讓歐學長得到刊登在《大眾時報》的機會，她不但不打算交主題報導，還主動幫歐學長記錄所有訪問和撰稿。

「所以你的意思是，你放棄自己最重要的一篇報導，因爲你在幫男朋友寫他人生中最重要的一篇報導？」我帶著諷刺問她。

鍋蓋王用手肘頂了我一下。

我不理會鍋蓋王的暗示。

「先提醒大家一下，這裡是講實話的地方！雨棠，如果你這位歐學長沒有能力做自己的報導，那他根本不配得到這個機會。」

「這我也同意。」鍋蓋王從坐姿跳了起來，「在任何比賽裡，大家都有機會獲勝，這才是一場公平的比賽。」

雨棠的臉一陣綠一陣白，顯露出平時少見的模樣。她咬緊嘴唇走來走去，思慮反覆輪轉，接著她突然走到我們面前，臉上露出豁然開朗的表情，像是想清楚某些事。

「或許對你們來說，這是一場比賽，但對我來說，這就只是另一個做紀錄片的機會！你們懂我的意思嗎？」

她繼續往下說。

「我根本不在意有沒有被《大眾時報》錄取……但歐學長在意，而且在意得不得了。

如果這件事對他這麼重要，那我有什麼理由不幫他？我是志在參與，我只是想要學到更多訪問人物的技巧，如此而已。」

我也真服了雨棠。看來也只有真心熱愛某件事物的人，才能有這樣的豁達大度。只在乎過程，不在乎名利。

好險她哥哥懂得如何與她過招。

「好吧，也是。希望你還沒開始訪問那些舞者，不然就太可惜了！那些學生搞不好希望更多人看到他們的故事。」

他不給雨棠機會反應，直接了當離開月臺，說要去練球，又說了什麼有個女孩子在籃球場等他。

我和雨棠愣在原地，還在消化剛剛鍋蓋王的那句話。從雨棠的表情來看，鍋蓋王命中核心，看來她真的已經開始訪問，而且肯定進行得如火如荼。

那是一個春夏交界的傍晚，我和雨棠走路回家，乾爽的空氣與橘紅色的夕陽令我們的腳步自動放慢速度。自從上次有關阿柯的尷尬對話之後，我和雨棠就再也沒有單獨走在一起聊天的機會。

我們從課業聊到老師，從老師聊到鍋蓋王的球探，又講到我媽媽的近況和她爸媽的旅遊。總之，我們的話題都在郊區打轉，沒有人敢進到「市中心」。

一陣尷尬的沉默持續了大約七、八分鐘，雨棠終於踏進市中心，開啟重要議題。首先，她問我有關景陽的事。我隨口丟出不痛不癢的回答，算交差了事。說老實話，我打從心裡不想分享太多。

「爲什麼不多說一點她的事？」

「什麼意思？」

「像我剛剛問你，景陽的個性怎麼樣？你只回答很好。然後我又問你，你喜歡她哪一點？你說她人很好。再來，我問你們在一起都在做些什麼？你說，就像一般情侶那樣，沒什麼特別的……」

雨棠居然有些生氣，一臉不悅的站在我面前。

我覺得她生氣得莫名其妙，火氣也跟著上來。

「你幹麼啊？那你還不是一樣？」

「什麼意思？」

「你從來沒有說過你爲什麼喜歡歐學長。」

雨棠覺得我不可理喻。

「你很莫名其妙耶。你又沒有問過我！」

她雙手插腰，把背包往後一甩。

「現在是怎樣？是要來場男女朋友大考驗嗎？」

「好啊，來啊！」

我們兩個在一大片無人的雜草地上大聲嗆聲，把之前的尷尬轉成怒氣。她氣我爲什麼總是被動什麼都不說，也不多說一些女朋友的事；而我氣她爲什麼老把自己弄成像個成功男人背後沉默的女人，明明自己可以獨當一面，卻選到一些窩囊廢！

或許，她是在氣我不主動向她說出我對她的感情。

或許，我氣她爲什麼不給我時間，釐清自己對她的感情。

或許，我們根本應該給彼此一次機會。

等到兩人對罵到筋疲力盡，我們才蹣跚的踏上回家的路，只是這次夕陽不再美好，取而代之的是傍晚繁忙的街道和喇叭聲。在吵雜的摩托車聲中，我們沒有任何對話。

吵了老半天，我相信我們都不記得剛剛有沒有結論。到底她有沒有回答爲什麼老是選窩囊廢？到底我有沒有回答爲什麼迴避景陽的事？好像這些完全都不是重點，我們也沒有很想知道。

重點是，我們需要大吵一架來抒發堆積如山又無解的悶氣。

我們來到要分別的紅綠燈，還是沒有說話。

我突然有一股衝動，想要握住她的手，然後告訴她我的想法……我眞正的想法。不管什麼選擇ＡＢＣＤ的後果，或許誠實就是上策，也許是上上籤也說不定。更何況，我們是九又四分之三月臺的成員，說實話不是成員必須遵守的事項嗎？

就在她要跨步離開前，我緊緊的握住她的手。

她一回頭，我們看著對方，很清楚的知道眼神不再是童年的雨棠與小安，也不再單單是哈利波特與妙麗的單純友誼。

雨棠正在等我開口。

她沒有掙脫。

我把手拉得更緊，突然轉頭，死命的往另一個方向跑！我拚命跑、用力跑。雨棠沒有異議，跟著我躲過機車、閃過行人、跳過盆栽。

當我停下來的那一刻，我們喘到幾乎要斷氣，連呼吸都困難，我還得搥胸順氣，她則是彎下腰來。

雨棠一抬頭，馬上知道我爲什麼要帶她來到這裡。她的微笑又回到童年的雨棠。

國父紀念館前跳舞的學生其實並不多，但各個投入、忘我。

雨棠笑著搖搖頭，看著我。

「爲什麼我一點都不驚訝你會帶我來這裡？」她雙手抱胸，站在我面前。

「因爲我了解你。」我指著那些跳舞的學生，「既然不是爲了得到什麼機會，那就繼續做下去，這才像你會做的事啊！」

她看著前面的舞者各個認眞排舞，一再的重複動作，眼眶有些溼潤。而這一次，換她握住我的手，只是沒看著我。

「謝謝你，小安。」

我開始耍嘴皮子。

「不用客氣，雖然你剛剛罵我罵到全世界都聽到，不過算了。」

「這次你要陪我，我無法一個人做。」

她依舊盯著舞者，表情很認眞。

她竟然會說無法自己做某件事，這是頭一次。從我認識她以來，她絕對不在任何人面前說這種話。我突然覺得自己的座位被移到她的旁邊，像是可以跟她邊上課邊竊竊私語，同時在課本上寫悄悄話的同班同學。

我自動拿出手機和筆，她拿出一堆資料和錄音筆，就跟以前在調查我爸的意外事件一樣，準備再度攜手合作。對我來說，可以目睹雨棠東山再起的備戰姿態，是一種享受。

我突發奇想，把手中的鉛筆折成一半。

「你有沒有膠帶？」

雖然我的要求有些不合常理，她還是慢條斯理的把膠帶從背包裡拿出來。

我用膠帶把折成一半的鉛筆黏在她手機背後，放在地上。鉛筆撐住手機，讓它像個相框斜立在地上，算是本人生命中第一件科學作品。了解我的用意後，雨棠按下錄影鍵，向她認識的那群舞者點頭示意。

「謝謝，」雨棠看著陶醉其中的舞者說，「你這個小學生的科學作品可以讓我獨自作業，很有幫助。」

我還沒出口回擊，她馬上插嘴，「喔，等一下，不是獨自作業，說好你要陪我一起的，別放我鴿子。」

看雨棠再度恢復到原本強勢的模樣，我忍不住開了個世紀無敵無聊的玩笑。

「嘿，你記不記得我們當初爲什麼把那個地方叫做九又四分之三月臺？」

她看了我一眼。

「因為有半部手推車黏在牆壁上，就跟這支鉛筆一樣。」我指著她的手機，「現在這半支鉛筆也黏在你的手機上，所以就我的判斷，你用手機拍出來的所有訪問，都會有魔法。」

說完沒多久，我們兩個不約而同的笑倒在地，甚至躺在地上，任由笑聲隨著回音傳到四萬八千里。

「你很瞎耶！好扯的冷笑話！」

沒想到她一說完，我們繼續狂笑不止。

被訪問的舞者們看到我們笑成這樣，也跟著起鬨，躺在我們周圍，用舞蹈加入狂笑行列。他們身軀扭轉幾秒後彈起跳躍，像魚一樣靈活，後來乾脆發揮創意，即興將這段把我們圍在圈圈裡的舞步編成一段獨特的舞，稱之為「魚的國父」。據雨棠說，這段「魚的國父」後來被這群學生放到YouTube，得到幾十萬人的點閱率。

但那又是題外話了。

就這樣，那段時間我們晚餐後經常在國父紀念館碰面。雨棠放學後還是會幫忙歐學長的報導，所以我們得要利用傍晚的時間進行。

我負責協調和打雜，她負責訪問和所有內容的編寫。鍋蓋王知道我們的約定後，聲稱他剛好要花更多時間打球，所以我們三人的聚會時間自動減少許多，後來才知道他根本是刻意要讓我們有單獨相處的時間。

另一方面，景陽在知道這件事之後，幾度爆出不爽的情緒，令我們產生不少摩擦。歐學長那裡反而沒有太大的起伏。雨棠說她這位歐學長對《大眾時報》的刊登大獎志在必得，眞的沒太多心思處理這些小人物的兒女情長。

「但小人物才是紀錄片的精髓啊！」我邊吃便當邊說。

「不錯嘛，都有在聽我說！」雨棠喝一口五十嵐。

自從我提議她把訪問做完，她的喜怒哀樂指標明顯停在喜、樂兩字。我看她一路訪問每一個學生，從家庭背景到人生觀，雨棠問的每一道問題絕對不浪費大家的時間；不但是關鍵，還保證會扎到心坎，會回家面壁思過，會想到鄉村貢獻一己之力。

「我常常在想，」她把一塊炸排骨遞給我，「這些學生之所以固定來這裡練舞，除了可以參加比賽之外，眞的就像他們說的，是出自一股對跳舞的熱愛。你不覺得很激勵嗎？」

我把排骨吃得一乾二淨，送進身邊的垃圾袋。這裡跳舞的學生很喜歡訂附近一家排骨便當，所以我們也跟著一起訂，然後每天晚上都坐在國父紀念館外的階梯上，吃著同樣包裝的排骨飯。雨棠不愛排骨只愛其他配菜的特質，已間接斷送我自封「永遠八十公分腰」的稱號。

「大概吧。」

「講到這裡，你有沒有什麼熱愛的事情？」

「漫畫。」我想了想回答。

「對，我忘了。」

我聽得出雨棠對我的答案有些失望。

「但你會廢寢忘食嗎？」

「不會。」

「那就不是熱愛啊！」雨棠有些激動，「人一定要有熱愛的事，每天都努力的往熱愛的事前進，才叫人生！」

接著她用這些學生的例子，開始灌輸我生命的意義，說了一堆目標和努力之類的老套臺詞，然後繼續拿起黏著半支鉛筆的手機開始錄影。

她拿起錄音筆，對著學生說話的一舉一動、一顰一笑，幾乎讓我看得入迷，就像看漫畫一樣，情不自禁的跳進她的生活、她的世界。

我喜歡這種感覺。

訪問持續進行，我和雨棠的曖昧也依舊飄在空氣中，卻不敢點破。我們的訪問進行得很順利，被訪問的學生們也很配合，分享的細節比預定中深刻好幾百倍。

當我看到完整的採訪內容，心裡就像出現一杯溫度剛好的熱巧克力，在寒冷的早晨握住它，會注入一股恰到好處的暖流。

我們在國父紀念館的最後一晚，我和雨棠拿著半支鉛筆慶祝，順便用大家啃完的排骨拼成紀錄片的片頭：「舞者．武者」。

她把這些舞者形容成武者：不但在舞技上奮鬥，在學業上奮鬥，也在人生道路上奮鬥，所以堪稱爲武者。

我們離開國父紀念館，在人行道上漫步，突然間，雨棠要我把眼睛閉起來。

我的心跳再度破百，連路上的流浪狗都回頭看我一眼，讓我十分確定牠也聽到我的心跳聲。

她用手輕輕拍了我的心臟說：「這是你的魔法。」

一張開眼，我看到胸膛左邊黏著撕了一半的漫畫封面，上面寫著：鋼之鍊金術師。

她的手碰碰我的心，右臉頰貼近。

「我知道在這裡，有一個地方充滿了魔法，是你最熱愛、最想要完成的事。我不知道是不是漫畫，就算不是，我知道你一定有辦法像《鋼之鍊金術師》的作者一樣，想盡辦法打入一個不公平的世界，然後找到它。」

她一雙渴望的大眼，外加一雙很像米老鼠的耳朵。

從來沒有一個人對我抱持這麼大又這麼小的期盼。她是第一個，也是最後一個。

正當她的手要滑落的那一剎那，我緊緊抓住，繼續放在我胸前。雨棠看著我，讓安靜成爲我們的背景音樂，讓發亮的紅磚道爲我們打燈。

在凌晨兩點十分，我們眼中只有彼此，什麼話都不用說。

打破寧靜的時刻總是會來，但那一晚來的方式有點拙劣、有點尷尬。我的手機突然不停的震動，打擾了內心好不容易才煮熱的湯。

我一拿起手機，上面寫著：景陽。雨棠看到我的表情立刻明白，把手挪開。我接起電話，回覆景陽：「好，我回家打給你……」，令我和雨棠「友達以上，戀人未滿」的狀態急速冷凍。

她尷尬的說要趕快回家，因爲媽媽會擔心，然後拔腿就跑。

而我愣在原地看著不爭氣的爛手機，不知所措。

直到萬聖節派對的那一晚，事情才又有了變化。

景陽提議扮成哈利波特和金妮，因爲我們都是《哈利波特》迷。金妮後來和哈利波特結婚，這是再簡單不過的安排。鍋蓋王那晚到底帶了誰，我們到最後還是搞不清楚，但現在回想起來，應該就是那個他曾經提過會在籃球場上擺飲料給他的女生。我們三人約好，在派對碰到就碰到，沒碰到就各自玩各自的。重點是雨棠說的：「請多花點錢，讓我們有更多經費，謝謝。」

她講的時候語氣很堅定，聽起來是規定，不是建議。

我們一到場，好像到了外星球一樣，幾乎不認得所有的人。每一個參加派對的人精心裝扮，有的化身爲海盜，有的扮成綠巨人浩克，還有人花了好幾個小時把自己塗成十八銅人，成爲大家爭先恐後合照的對象。

鍋蓋王頂著一頭紅髮，身上穿球衣迎面走來，活脫是《灌籃高手》裡的櫻木花道。

「喂，你未免也太隨便了，這不就是你的球衣嗎？」我笑了笑。

「起碼我的頭髮有努力啊！」

我們閒聊了幾句，我看到他身邊有個女的，穿著日本女學生服，頭髮直直的，很明顯是扮成晴子。

「這是……」鍋蓋王正要介紹。

不是我不想認識鍋蓋王的女伴，只是我的眼神立刻被後方的雨棠給吸住，像吸盤一樣被吸住就收不回來。

雨棠和歐學長居然也扮成《哈利波特》裡的人物，只不過他們扮演的是另一對情侶。

「榮恩與妙麗，不錯吧！」歐學長很得意，上下打量我和景陽，「還好沒跟你們撞衫！一看你就知道你是哈利波特了，沒錯吧？」

黑眼鏡和額頭的月亮，我不是哈利波特就是包公，好在我身上穿著景陽準備的魔法學院制服，不然眞的會被誤認爲包公。

歐學長刻意把頭髮中分，與榮恩有幾分相似；雨棠戴了頂紅棕色的假髮，又捲又長，反而比較像美人魚。

我正觀賞雨棠的裝扮，被歐學長突如其來的反應打斷。

「啊，抱歉，不跟你們說了！快要八點了，是宣布誰入選《大眾時報》的重要時刻，我先去舞臺前，待會見！」

歐學長連雨棠的手都沒牽，直接消失在人群中，留下她一人。我和景陽、鍋蓋王和他的晴子也杵在原地，都有被放鴿子的失落感。

雨棠的臉色很差，差到連景陽都看得出來，連晴子都主動關心。沒多久，臺上的主持人宣布大獎得主是歐學長，全場歡聲雷動。

我們從遠處看著只有一顆米粒大的歐學長上臺狂歡，抓著麥克風感謝所有的老師提拔，感謝《大眾時報》的某某長官和某某經理……

結束。

雨棠的背影更加孤寂。

我比任何人都了解雨棠此刻的感受。她日以繼夜協助歐學長的文章，連自己的作品都得挪到傍晚進行，而上臺領獎的歐學長居然一個「謝」字都不肯給。

「雨棠……」我正要安慰她，她卻不領情。

「別管我，陪你的金妮吧！」

一轉頭，她的身影便往門口的方向衝。

我很想馬上跑到她身邊，但隨即想起自己今晚有個舞伴，這麼離開似乎有些狠心。

所幸鍋蓋王及時跳了出來，藉機讓景陽分心。

「景陽，」鍋蓋王對著她說：「我想請你幫個忙，是有關籃球賽的事。我知道你是排球隊的，我想問問看你們的場次可不可以……」

鍋蓋王對我使使眼色，我立刻收到訊息，加快腳步離開。我深怕自己來不及趕到雨棠身邊，會失去她，會讓她獨自承受這一切。我一路擠開兩邊戴著面具或濃妝豔抹的奇怪人物，擔心雨棠一個人在如此喧鬧的夜晚面對這樣的孤寂。

我需要在她旁邊，確定她是被保護的、被呵護的……縱使保護她的那個人不一定是我。

甩開了人群，我跟在雨棠後面一直跑、一直追，直到跑到河邊，她終於忍不住大叫。

「你幹麼一直跟著我啊！」

我蹲下來喘氣，離她不到二十步。

她看我喘到連呼吸都困難，有些同情。我從蹲到坐，最後躺了下來，累得不只是身體，還有想告白又不敢告白的揪心。

雖然這裡路人不多，但散步的行人經過時，還是會看我們一眼。

我試著緩和氣氛。

「我是哈利波特，你是妙麗，他們……大概在想要不要找我們簽名。」

過了幾秒，雨棠終於笑了。她到我面前蹲下。

「就是因爲我是妙麗，你是哈利波特，所以我們是永遠的朋友。」

糟糕，這是一種還沒告白就被拒絕的預告嗎？

我馬上坐起來，拍掉身上的雜草。

「雨棠，我想告訴你，無論是阿柯，還是歐學長，他們見到你，卻沒有眞正的看到你。」

她苦笑，一屁股坐下。

「還有，」我繼續說：「我終於知道我熱愛什麼了。」

我拿出口袋裡，把那半張她送我的漫畫封面，貼在我額頭。

「跟漫畫有關嗎？」她還在苦笑。

「不，跟你有關。」

她沒說話，呆望著我。

「自從上次以後，我一直在想，我到底熱愛什麼？想來想去，我只有一個答案，就是看著雨棠做自己喜歡做的事。」

她突然眼睛睜得好大，像一隻小鹿斑比。

「你，就是我的答案。我最熱愛的事，就是看你做你喜歡做的事。」

她摀住嘴的雙手微微顫抖，眼眶閃動。

沒幾秒，情緒稍微平復，她用那隻纖細的手指擦擦眼眶。

「可是，榮恩和金妮怎麼辦？」她看著我。

「其實，你不覺得哈利波特根本就應該跟妙麗在一起嗎？」

我們互看幾秒，心中都冒出一棵耶誕樹，知道它就是這個冬天的答案。

那一晚，我們沒有再回到萬聖節的派對，而是穿著哈利波特和妙麗的制服，在河邊騎 Ubike，邊騎邊聊天。

我們慢慢騎車回家，一手扶著手把，另一手牽著對方的手，就這樣一路騎到她家門口，才捨得放掉。

第十六章

我還在空中墜落。

人眞的是種瘋狂的動物，明明知道是無底洞，還是忍不住伸出求救的手亂抓一番。不知道是不是心理作用，想到雨棠的事，下墜的極度似乎放慢不少，還能依稀觀察到周圍的岩石。雖然岩石的距離很遠，我居然還能看到岩石的形狀和閃出來的微光！這代表我的速度已經慢到某一種程度，視線可以捕捉周圍景觀。好事一樁。

是紫色的岩石。我非常確定。

岩石發出來的光，也是紫色的。而且，這幾顆光正漸漸往我的方向飄來，像螢火蟲一樣自在。我抓住一顆，放在手上欣賞，但一握緊才發現什麼都抓不到，因爲它沒有任何形狀，就只是光。

紫色小光似乎知道我對它們的喜愛，一個個湊到周圍讓我抓個夠，並且每當抓到一個紫色小光，我墜落的速度就會減慢。抓得越多，速度越慢，直到我的腳尖輕輕碰到地面，才赫然發現這不是無底洞！

我仰頭想看剛剛墜落下來的懸崖，但除了整片岩石牆，什麼都看不到。

我猜，這裡就是萬丈深淵的谷底。

一轉頭，看到前面有一間小木屋，門前掛著兩盞忽明忽滅的燈籠，還有一道小門簾。如果我還在世上，我敢打包票這是一家外表故意低調，食材道地又昂貴的日本料理店，隱藏在某個巷口。但，總不可能這裡也有日本料理店吧？

難道，我摔下來以後，不小心進到祕密通道，直接破關？

難道，我已經回到世上，這裡眞的是某一座山的山谷？

我心中忍不住燃起希望的火把，充滿僥倖的竊喜。

我小跑步走到屋前敲門，心情緊張。在等待開門的同時，我往上一看，門簾寫著「武器行」。

武器行？「武器」這兩個字很令人擔憂，不過不管如何，如果我眞的闖關成功，武器也好，日本料理也罷，任何的店對我來說都沒差，活命最重要。

我再度敲門，這時門內傳來回應，而且是個女的。

門一開，一名大約六十上下的女士對我微笑。她的穿著像是古代的王妃，但又有點像《星際大戰》裡的女王。她把長髮盤到頭頂，把頭髮弄成好多大圓圈，而且有黑有灰也有白，甚至也有紫色穿插在其中。這件宮廷裝上面有亮亮的綢緞和紫色絲帶，顯得雍容華貴，氣派又時髦。

「小安，歡迎你。」

她一說出我的名字，我的心立刻沉到海底。如果眞的被我回到世上，這位陌生人哪可能知道我的名字，而且還是我的小名！

這代表了續集正在放映中：我還在昏迷狀態，我還在闖關。

這位王妃還是女王似乎非常清楚我內心的嘆息，溫柔的把我拉進來，要我坐在椅子上。我看看屋內，很像以前我拍戲時看過的那種古代的藥草店，前面有一個櫃檯，櫃檯後方有很多小抽屜，裡面都裝著藥草。

「我知道你有很多疑問，」這位女士也坐下來，拍拍裙子，確保沒有皺褶，「但首先，我很抱歉你會在這裡，也很抱歉你需要闖關。這是一個錯誤，不應該發生的。」

說完後，她彎腰鞠躬。

這句話我聽了兩遍，從河川到火林，他們總是會在解釋狀況以前加上這一句，以表他們的歉意，雖然對闖關毫無意義，但聽完會覺得他們也跟我站在同一陣線。

我無力點點頭，苦笑幾秒。

與河川和火林不同的地方是，這位阿姨顯得更有耐心。溫柔不在話下，臉上永遠保持寬容的微笑，好像她對所有的事都能包容。也因爲這樣，我改變態度，不再生悶氣。

接下來發生的事，和前面兩關都不一樣。首先，她要我到櫃檯前，把我剛剛抓的紫色小光放到一個木盤子上。

「一共六顆，很不錯。」她看著盤子，又看著我，「而且是紫色的，很漂亮的顏色。」

如果不是紫色，還有別的色嗎？我看到的全都是紫色。

「請問……」我咳了兩聲，「我爲什麼會在這裡？我還在闖關，對吧？」

我沒等她回答，又追加問題。

「還有，這些是什麼啊？」我指指盤子上的紫色小光。

她沒有因爲我丟出的一連串問題而感到煩心。

「唉呀，好多的問題，好多的答案需要被找尋！人生就是這樣，小安。」她握住我的手，「沒關係，儘管問！」

我的心因爲她溫暖的雙手而得到撫慰，有種雪人被太陽擁抱的感覺。她說，這裡是遊戲裡的隱藏關卡，也就是說，來到這裡的人，可以藉著抓紫色小光來換武器。

也就是說，由於我得到了六顆小光，所以可以換某些武器來過下一關。

照理說是好事，但我的怒火以光速衝出。

既然有所謂的隱藏關卡，幹麼不早點說？害我左等右等才決定從懸崖上跳下來！如果早知道可以換武器，我就不會在上面發呆看阿米巴了啊！

她點點頭，很了解我的無名火。

「小安，你會打電動嗎？」

我搖搖頭。

「不打，那也應該看過別人玩吧？」

她依然保持溫柔的笑容。我點點頭。

在拍戲的時候，經常有人趁著空檔拿出手機打電動打發時間。沒吃過豬肉也看過豬走路，我多多少少知道一點。

「所以，」她依然保持笑容，「你應該知道，任何遊戲在闖關前，都不會有人告訴你要如何闖關，也不會透露隱藏關卡在哪裡。你必須自己去找，自己摸索，自己下定決心孤注一擲，跳下山谷，不是嗎？」

聽起來好像有幾分道理，但我也不是省油的燈。

「不對！」我昂首，用不小的音量說，「現在都有祕笈，大部分玩家都會看，而且就算不看，大家互相討論或上網查就知道了！」

她想了想，點點頭。

「嗯，也是。但最早的電動是沒有的。」

我還沒決定下一步棋，她已經對我開示。

「這個遊戲原本就是人生的縮影。你呆坐在懸崖還是有機會闖關，但如果你不服氣早就可以跳下來了！」

她攤開雙手，好像全都是我的錯，都是我自己的選擇。雖然，這個遊戲我一點都不想參與。

「大部分的人都沒有想過參與生命，但還是來了。」

她讀了我的OS。

我還能說什麼？我不是發明遊戲的人，所以他們說了算。重點是，我不是快沒時間了嗎？

「對，沒錯，你的時間是不多了，但寧可花一些時間準備，也不要貿然闖關。畢竟……」她露出同情的眼神，「這是你最後一關了，小安。很抱歉，但是，也恭喜你。」

「恭喜我什麼？」

「你來到這裡有了武器，會比較容易闖關，所以恭喜你。」

我深呼吸一口氣。對啊，我怎麼沒想到，還在這裡抱怨加狡辯？事不宜遲，我馬上追問她我的六顆小光可以兌換什麼武器？是雷射光還是戰鬥機，或有什麼藥物可以活命比較久之類的？

她笑了笑。

「別急，我這就把六顆小光可以兌換的武器拿給你看，你可以自己選。」

我不敢相信竟然會有這種轉折，有些緊張。

我快過關了，我快過關了！如果有了武器就可以過關，那麼這就是我最後一次在這裡跟我的「守護者」聊天。

說到這裡，前面這個阿姨是我的守護者嗎？還是只是藥局的老闆娘？

不對，是武器行的老闆娘。哇，換了個名稱，整個人的氣勢都不同！一聽就覺得她很有辦法，背後勢力龐大，帶領一票凶神惡煞的肌肉男行俠仗義。

她大概是聽到我的ＯＳ笑了出來，好像聽到孩子的童言童語覺得很有趣。

「我介紹一下我自己。」她伸出手，「我叫烏雲光。」

她的手柔軟又有力。她說她的確就是我的守護者，我告訴她之前火林稱她自己爲老師，烏雲光也覺得很有趣。

「火林是個說話直率的小孩，她認爲是什麼就會說出來，不受體制約束。」

我第一次從守護者口中聽見她形容另一個守護者，覺得很新鮮。

「河川拘束許多，但他公正不阿，正義感十足。」

「而且是氣功師父。」

烏雲光笑了出來，清脆又豪邁的笑聲流瀉整間小屋。

她像一位我從來沒擁有過的母親，又像我心目中最希望擁有的父親，在她面前會不由自主顯露出自己最幼稚的一面，不需擔心她的論斷或質疑，因爲她完全包容，完全接受。就算知道會被唸一頓，但因爲是從她嘴裡說出來所以順耳許多。

「我老實告訴你，這六顆小光最多只能換走這三種武器。所以三選一……」她從後面其中一個抽屜拿出類似彈珠的袋子，一一解釋給我聽：「這一袋東西最大的作用，是讓你在闖關時，把最重要的那一秒靜止，好讓你有時間思考。」

我覺得聽起來不錯啊！

但她不這麼認爲。

「以我的經驗，這種武器最適合用在第一關，因爲你有大把時間可以揮霍，但現在的你……眞的不適合。」

我不但沒有不爽，還很慶幸她爲我指點迷津。

「另一個，就是這個。」她拿出一顆好大的珍珠，「這顆珍珠很有意思！只要你靠近你的對手，它就會發出強烈的光，你就會知道誰是對手。」

聽起來很強！那我拿著它過關不好嗎？

烏雲光點點頭，有些猶豫。

「我也這麼想過。但是……」她用手輕輕摸著我的臉頰，像母親疼愛孩子一般，「我想要建議你用另一種武器，會對你更有幫助。」

「遠比這顆珍珠有幫助？」

「絕對。」

很明顯的，她知道的事情遠比我多。我決定相信烏雲光。

她仔細端詳我的雙眼，讀我的內心。

我老早就習慣被守護著掃射內心，因爲河川和火林都這麼做過。與他們不同的是，烏雲光老練許多，也多了一點果決。

「小安，你相信我嗎？」她說這句話的時候，眼角的魚尾紋特別深。

我的回答沒有超過三秒。

「當然。」

烏雲光慎重的點點頭轉身，當她再次回頭，手裡拿著一片發光的葉子。我還來不及發問，她就把自己身上的項鍊拿下來，用鍊子穿過葉片。

她從櫃檯後走到前面，把葉子項鍊掛在我脖子上。我低頭看著這片發出微光的綠葉，很期待這片葉子帶給我的幫助。

「如果要闖關，就靠它了！」我心想。

「不！」烏雲光馬上提醒，「任何武器都無法幫你闖關成功，只能讓你看得更清楚你需要做的選擇，要切記。」

「喔，那麼這片葉子有什麼作用？」

她沒有回答我的問題，雙眼像月亮般彎下，慈祥的看著我。

「你的天空是紫色的，你的六顆小光是紫色的，連你看到我的絲帶都是紫色的。」

我不大懂她的意思，不是本來就是紫色的嗎？

「不是。每個人看到的顏色都不一樣。」

眞的假的？這句話點起我的好奇心。

「那本來是什麼顏色？」

她又笑得很大聲，覺得我的問題很可愛。

「你覺得天空應該是什麼顏色？」

「藍色啊。」

「那就對了啊！」

好吧，那爲什麼我會看到紫色？

「是啊，你的一片天空都是紫色的，救命用的小光也是紫色的，所有的守護者也有紫色的飾品，可見這位紫色小姐對你來說，有多重要。」

我頓時恍然大悟，所以在這裡我看到的一切，都反映出我的內心。

「正確的說法是，反映出你的人生觀。」烏雲光說。

「是雨棠。」我看著盤子上的紫色小光，「她常常佩戴紫色的東西。」

其實這樣說也不盡然正確。她紫色的東西並不多，除了小時候那一條綁在頭上的紫色緞帶，記憶中也只有一些筆記本和原子筆之類的小東西是紫色的。她不是那種喜歡某一個東西，就把自己侷限在那個東西上面的人，那絕對不是她。有一次我問她爲什麼喜歡紫色？她竟然說：「不是我特別喜歡，是因爲通常紫色的東西都沒人要，所以很多庫存，大概不好配衣服之類的吧！」

因爲她這一句話，我開始留意架上的特賣品，才發現她說的是眞的！紫色不像黑色或咖啡色等百搭的色系，很容易成爲清倉特價的商品。雨棠說，紫色是一個容易被大家低估的顏色，她爲這個顏色打抱不平，所以儘量用紫色的東西。

除了顏色，其他的事情也一樣。她努力做好每一件事，儘量選擇記錄那些被世人低估或遺忘卻珍貴的人事物。這是她的理想，她的熱情……

「小安，」烏雲光把雙手擺在我手上，喚醒我的神遊，「這會是你最後一關活命的機會，是你人生中最重要的一個關卡！你要好好想想跟我分享的事，尤其……尤其是你不敢跟任何人提起的那一段日子。」

我嘆了口氣，模樣像個老頭。

我和雨棠的那些風花雪月如果拍成電影，應該會有票房。我們的故事含括了人世間的生老病死和愛恨嗔痴：我爸爸的意外、她哥哥的事故、我的輟學、她的父母、還有說不清的你對我錯，最後得靠警察來剪斷我們之間拉扯不清的黏膜，才讓一江春水向東流。

「我們的時間夠嗎？」

我用了「我們」，說明了我對烏雲光的信任。

她對我笑了笑，說：「我會抓好時間的。」

既然已經成爲了「我們」，我決定把那些不敢讓任何人知道的窩囊事，向烏雲光全盤托出。

第十七章

雨棠的第二波海嘯，來自她哥哥鍋蓋王的輟學。鍋蓋王的黯然退場，對雨棠造成了一定的打擊，但其實打擊更大的是海嘯之後帶來的影響。在我和雨棠經歷了無數次為了幫助鍋蓋王重新振作的方法而爭吵不休之後，有一天我們兩人在九又四分之三月臺，終於約法三章。

到現在我都保存著那張協議。

同意遵守事項：絕對不可以在對方面前提起鍋蓋王，除非有危及生命的緊急事件，或有結婚、生小孩之類的人生重大喜事。

備註：如果不能遵守，觸及條約的人要承擔兩人爭吵後的一切後果。例如：解除彼此的臉書好友且不再聯絡、暫時／永久分手（這兩點不是一樣嗎？），包括但不限於合約內之後果。

然後是我們兩人的畫押。處分的確非常重，可見這件事對我們的影響有多巨大。

也因爲這樣，鍋蓋王之後的行蹤對我來說一直是個謎，也毫無頭緒，連他後來出國，我都隔了好久才知道。在他輟學之後，我也有好長一段時間沒有再進入梁家大門，以免不小心踩到地雷而違約。對我來說，和雨棠的感情是全世界最重要的事，她是我生命中的蜂蜜，我無法鋌而走險失去她。

海嘯的影響蔓延至梁家上下，把隱藏在倉庫的祕密也一併拿出來清算，像顆連環炸彈炸光所有的笑聲。

「我爸有外遇。」

我不知道該說什麼。雨棠的腿在公園溜滑梯上晃來晃去，面無表情。對於家中發生意外，我並不陌生，但心底痛恨上天爲什麼要對雨棠這麼殘忍？鍋蓋王才發生事情不到一年，有需要把炸彈繼續炸在他們家嗎？

「你確定？」

她嘆了一口很長的氣，淡淡回答我。

「確定。我媽也知道了。說眞的，我早就懷疑了，只是……」雨棠聲音沙啞，開始哽咽，「我爸他一直是我的偶像，他這麼疼我們……」

我抱著她流淚，陪她度過人生中的低谷。經歷過失去的痛，就會開始接受一件事實：失去的痛永遠無法抹滅，只能學會將刺磨平，這樣下次再扎到就不會太揪心。我們兩個就是彼此的暖爐，看盡對方的「佛地魔」，一起走過自己無法掌控的黑暗幽谷。或許也眞的是因爲這樣，就算我們的交往在大學時期碰上最嚴重的一次觸礁，都還是硬著頭皮按下「再試試看」的鈕。

雨棠一度以爲我只是「暫時」休學。她相信我一定會再回到學校順利畢業，然後跟她一樣爲了自己的夢想和熱情四處奔波，因爲那才叫做生命。

其實我也是如此打算的。我以爲等自己恢復情緒，接受媽媽可能是縱火犯後，就會慢慢釋懷，就會把扎心的刺磨平。但誰都沒想到在天時地利人和之下，電視臺的小胖導演釋放出一個機會。

「小安，我左看右看都覺得你就是下一個梁朝偉！怎麼樣？給自己三年的時間試試看，如果沒闖出個什麼名堂，就回到一般人的生活。」

他其實還講了很多很多，但我的記憶只停留在梁朝偉三個字。沒想到這三年居然被我闖出成績，不但接戲接到手軟，收入比我爸爸賺好幾年的薪水還要多好幾倍。

這一路走來，雨棠選擇冷眼旁觀。她壓根不覺得我喜歡演戲，一點都不覺得我有當明星的料，某種程度上她說的也沒錯。

「你根本對看電視電影沒興趣，也一天到晚抱怨導演給你的角色很扯，臺詞很瞎，對手很爛，眞的要繼續嗎？你明明就不喜歡演戲啊……」

我試著找出她這句話的邏輯錯誤。

「我是常常抱怨沒錯，但我喜歡看故事，別忘了我喜歡漫畫！」

「漫畫跟電影差很多。」

「都是故事。吸引人的故事。」

她深呼吸一口氣，繼續往下說：

「那你可以去寫書，當個作者，爲什麼一定要演戲？」

「奇怪，你爲什麼這麼反對我演戲？我從來不反對你選擇走的路耶！」

當時的雨棠已經準備畢業，在大學期間得到的獎項和贊助資金不勝枚舉，她從記者轉爲紀錄片導演，是眾所周知的明日之星。

「我一直都在這條路上，你知道的。」她邊說邊收拾行李。

原本我又想搬出因爲爸爸驟逝那一番悲觀論調，沒想到她早就把手指擺到我嘴前，制止我繼續往下說。

「不要再拿你爸爸去世當理由了。不要再說因爲他走了，就認爲全世界都欠你宋宥安！小安，他走了很久很久了，就算眞的還在悲傷，也是時候把它轉到杯子裡還有半杯水的概念了。」

這些對話其實在我們身邊打轉很久，但從來沒有新鮮的字眼出現。後來我私自下了結論；很簡單，就是她不會知道我的感受，因爲她沒有失去過親人。

「Anyway，我會好好想想我到底熱愛什麼。」我跟著她屁股後面出門，補上一句老套的甜蜜：「除了充滿熱情看你拍紀錄片以外。」

她回頭看我，搖搖頭，已經失去聽見這句話該有的微笑。

「啊，對了，還你。」她從口袋拿出我藏在她行李的信封，把信封裡的錢拿出來還我。

沒等我回應，她繼續拖著行李，戴上鴨舌帽準備到機場。她的下一個大項目需要前往巴西三個月，專訪咖啡豆黑道農場。

計程車正要開走前，她降下車窗，認眞看著我。

「小安，我眞的不缺錢，我只是希望你找到自己熱愛的事情，生活才會有意義。」

窗戶又升上去。

我對著開走的計程車揮手，感覺像是手中捧著鮮花，卻莫名其妙被蜜蜂螫一口。原本司機已經踩了油門，卻又倒車。她再度降下車窗露出小縫隙，丟下叮嚀。

「桌上有早餐。」

接著計程車迅速駛離。

不知道這一次她又留給我什麼？

關上門，我走回餐桌，忍不住心裡出現笑臉。盤子上是只剩下一半的包子，旁邊還有紙條，上面寫著：

另一半包子已踏入魔法世界。

雨棠

我拿起手機拍了張照片，直接貼在我的臉書，沒有任何註解。才剛發出，我看到雨棠的臉書也上傳一張照片。

照片上有我藏在她皮包裡的一本筆記本。這本筆記本很特別，封面有一隻立體的河馬屁股，好像牠的頭已進入到本子裡。我在筆記本的第一頁寫著：

河馬已進入魔法世界，相信你的紀錄會跟著它經歷振奮人心的影像。

小安

這似乎已經成為我們不在對方身邊時，刻意營造的小確幸。從剛開始的半支鉛筆，這些年的「半個」禮物，是我們鼓勵對方的方式。我心中早已想好幾年後向她求婚時，一定要想辦法弄到只有一半的婚戒，才能眞正代表我們之間的故事。

雖然那一直都沒發生。

雨棠從原本只有三個月的採訪延遲到五個月、六個月……而我們之間也從原本每晚視訊到每週一次，甚至她會無故缺席。我在化妝室盯著手機等她接電話，連續好幾個晚上被工作人員調侃，實在很糗。

「因為你永遠都在抱怨你的工作，你的導演，你的經紀人……」雨棠七個月以後終於出現在視訊另一頭，「我忙到連吃飯的時間都沒有。眞的，小安。說好要認眞想想你熱愛的事情，有沒有結果了？」

我搔搔頭，開始找話題轉彎。

「還在想，有一點頭緒了。」

「眞的？還是又是紙上談兵？」

「我不是已經在工作了嗎？雖然沒有很愛演戲，但也ＯＫ啊！幹麼一定要有熱情？」

不知道是信號太弱還是受到干擾，螢幕上的她低頭不語。

「你的人生像個選擇題，小安。」她終於抬頭，顯得疲憊。

「什麼意思？」

「因爲你不知道你最想要做什麼，所以只好用選擇題來做選擇。偏偏你也不知道答案，所以只好用刪去法，將不喜歡的去掉，選出一個你可以接受的答案。」

我沒說話，聽起來有點深奧。

「但是我希望你是個塡充題。」她貼近鏡頭，「我希望你可以知道答案是什麼，然後毫無疑問的塡上去！」

我明白她的意思。雨棠說的沒錯，我的確選了一個選擇題裡經過刪去法後留下的答案，而那個答案連我自己都不大確定。

雨棠的塡充題答案是拍紀錄片，鍋蓋王的塡充題答案是籃球國手，就連媽媽都知道她的塡充題答案是廣播員。

那麼，我的塡充題答案是什麼？

我把臉湊近手機螢幕。「我想來想去，我的塡充題答案就是你！我覺得乾脆跟你一起拍紀錄片，跑遍世界各地！」

我越想越覺得這個可能性很高，滔滔不絕說個不停。

「我們可以一起搭飛機到巴西，到北極，到冰島。嚐遍各地的美食，走遍不同風土民情的國度……」

總之，她是我的山，我是她的雲，我永遠圍繞在她身邊。

只可惜她沒有同感。

她不再直視螢幕，又開始低頭不語。等我的天馬行空結束才默默開口，優雅拒絕我的熱情。

雨棠說她不覺得這是我熱愛的事情。不但如此，她不是我的塡充題答案。

絕、對、不、是。

她斬釘截鐵的說，非常篤定。

「我不是你生命問題的答案。小安，你把自己的世界建立在對我的熱情裡，」她把瀏海撥到耳後，「有一天會像流沙一樣，找不到自己。」

她越講越像是在說服自己，然後說出第一次令我世界停止轉動的話：

「我很認眞想了很久。我想，我們需要先暫停我們的關係。」

我搖搖頭，不同意到極點。不過她也沒在管我到底有沒有聽進去，我也沒在繼續聽，心裡已經在盤算過幾天要如何跟導演請假，飛到巴西給她一個驚喜。

這是我們第一次分手。

我的心很慌，但很扎實的知道這絕對不可能是永久性的「暫停」。她是我從小到大最好的朋友、最了解我的人，是我的手電筒、我的暖暖包，她不可能就這樣從我的世界消失。

然後我眞的這麼做了。我向小胖導演撒了謊，說家裡有事，然後就買機票整理行李。導演很不爽，但並沒有讓我改變心意，因爲我只是配角，也不喜歡這個角色，不演也罷。沒想到他直接要我辭演這齣戲，因爲有一大把人在等待這個機會。不但如此，我還被他放入黑名單，之後整整一年我都無法拿到好劇本，只能靠著當通告藝人去綜藝節目玩一些無聊的遊戲。

到了巴西，我在雨棠的飯店大廳待了一整個下午，還是等不到她的蹤影，只好留紙條請櫃檯遞給雨棠，自己訂了房間休息。

然後又整整等了三天。

我在巴西人生地不熟，只能用小學程度的破英文到附近晃晃，然後又回到房間看電視。

到了第四天，我開始懷疑雨棠的行蹤。我記得她曾經提過進行訪問的咖啡園名稱，於是上網查了所在地，一趟車程居然要兩個多小時！

櫃檯的人擺出擔憂的神情，很不想幫我叫車。他們很好心找了個會說中文的旅客，告訴我這個地方不但偏遠，也有點可怕，最好不要過去。口語中我依稀聽到「槍械」、「黑手黨」、「殘忍」的英文，櫃檯的人還邊齜牙咧嘴來表示這個地方有多可怕。

只不過我一意孤行，他們只好一直搖頭，無奈的拿起電話準備叫車。

就在他們替我叫車時，雨棠出現了！

她的頭髮像黑人一樣，全部紮成細細小小的辮子，穿著迷彩服。司機正幫她把大背包從後車廂拿出來，她和另一位亞洲男生提著一個黑箱子，看來應該是攝影機。他們兩個人下車後有說有笑，雨棠和他似乎有說不完的話，連進了飯店大廳都沒有注意到我。

我立刻跑到她面前，中斷他們的對話。

雨棠的表情很複雜，裡面有驚訝，還夾雜著說不出的不協調，好像我的出現打斷了某一種秩序，某一個齒輪的轉動。

「Happy Birthday！」我趕緊拿出只剩下一半的紫色鬱金香。

這是我們之間的小暗號，鬱金香是她最喜歡的花，還是她喜歡的紫色。

而且只有一半。

旁邊的這位亞洲男生大概看出我和雨棠的關係，笑著對雨棠說了句Happy Birthday，並給她一個禮貌性的擁抱，之後就識相離開。

雨棠握住鬱金香，臉上堆滿厚厚的複雜情緒。我跟著她準備搭電梯上樓，心裡猜想：肯定是她疲憊的身軀，讓內心的驚喜反應變得跟樹懶一樣緩慢。但電梯門一開，我才驚覺鏡子裡的彼此早已住在不同的世界。

我穿著乾乾淨淨的淡藍色毛背心，套上有質感、剪裁合身的休閒西裝外套，就連牛仔褲和休閒鞋都搭配得宜，髮梢也雕塑得有模有樣。雨棠除了素顏，全身都是灰塵泥土，沒有任何刻意搭配的痕跡。她依舊美麗，但散發出一種強韌的使命感。

到了雨棠房間所在的樓層，她要我給她一些時間盥洗，晚上在樓下餐廳一起吃飯。她始終沒有表達出任何喜怒哀樂，但我猜測她的思緒還留在幾個小時前的訪問中，正在籌劃下一步動作。

等到我們在餐廳碰頭，她戴著墨鏡坐到我面前，很嚴肅的問我發生了什麼事。

「什麼事？喔，我只是想見見你，你失蹤這麼久，我很擔心。還有，你幹麼一直戴著墨鏡啊？」

她沒說什麼，拿起叉子吃飯。

我吃一口沙拉，繼續說：「啊，還有你生日到了！我想親自給你一個surprise！」

雨棠用叉子攪拌食物，擠出笑容：「謝謝，我的確很驚訝。但是，你不是在拍戲嗎？」

「喔，我跟導演說我不拍了。」

她把叉子放下，很震驚。

「爲什麼？」

我該怎麼說呢？是應該誠實告訴她，我就是想要來見她所以連工作都不要了！還是編別的理由？

那一天，我有一個很不好的預感。從在飯店見到她的那一刻，我看不到她的興奮，看不到她的驚喜，雨棠看到我的反應就像面對一包超重的累贅物。

如果再告訴她眞正的原因，我覺得我眞的會被她強制寄回臺灣。

也因爲這樣，我撒了個小謊。

「因爲……」我邊吃邊想，「我不想再浪費生命在一個不溫不熱的工作裡。」

雨棠把墨鏡摘下，臉從緊繃到一絲絲驚喜，爲時不到兩秒。

「怎麼說？」她追問，有些好奇。

「關於熱愛這件事，我想了很久，我決定要放慢腳步，才有時間好好專心了解我的熱情到底在哪裡。」

雨棠果然露出微笑，很滿意我的答案。她又拿起湯匙，快樂的喝起湯。

「嗯，我覺得這樣也挺好的，的確，如果一直忙著工作，很難抽離讓自己有思考的時間，也無法釐清自己的內心到底需要什麼。」

我點點頭，鬆了一口氣。

我盜壘成功，成功挽回她的心，又回到情侶的畫面。

之後我在雨棠身邊當個小跟班，隨著她逗留在巴西將近一星期。他們的訪問已經結束，只剩下與新加坡資助廠商的後製和討論。我看著她在飯店的會議室與這位跟她一起從咖啡園回來的新加坡男士熱烈討論，一句話都插不上。

但這就是我喜愛的雨棠。我依舊熱愛她這副專注的模樣。她在會議室滔滔不絕，我就在旁邊用星星月亮太陽的漫畫眼睛盯著她看。

或許……這就是我從未有過的熱情，也是我愛上雨棠的原因之一。就算到了後來我在演藝界得到來自四面八方的肯定，心裡總有一個小小的磅秤，秤秤我對演戲的熱情有沒有增加，有沒有達到雨棠所謂的「熱愛」？

回到臺灣，我度過慘痛的一年。我不但沒有接到任何好劇本，連和雨棠的關係也逐漸隨著季節降溫。我們開始爭吵，從最無聊的誰沒倒垃圾到爲何她晚回來不打個電話，嚴重的則是我抱怨她旁邊太多男性朋友，以及那個永遠圍繞在我耳邊的人生大哉問：

「你到底找到生命的熱情了沒？」

沒有、沒有、沒有。

我不知道是不是世界上每一個人都找到了他們生命的熱情，但我高度懷疑。我相信大部分的人都跟我一樣，渾渾噩噩的過著每一天，靠著身邊的小確幸來換取幾秒鐘的好心情。這有什麼錯？

但問題是，他們都沒有愛上雨棠，愛上她的人是我。然後她愛的人，就必須是個對生命有熱情的熱血好青年。愛情沒有什麼少數服從多數的機制，並不是大部分的人這樣，你就必須跟著大家做出同樣的事。

「就好像如果大部分的人都沒有要求對方一定要愛天竺鼠，但你就是有這個要求，那麼這個人一定就要很愛天竺鼠。你懂嗎？」

我對我的助理小魚說。

他搖搖頭，邊開車邊翻白眼。

小魚對我和雨棠的事十分清楚，因爲他經常跟我在一起，所以必須聽我抱怨。他其實不想聽，但誰叫他是我的助理？

「你有熱愛的事情嗎？」我問小魚。

不到三秒，他馬上回答。

「有，釣魚。」

我很驚訝。後來又覺得很有道理，因爲他叫「小魚」啊！

「是嗎？那幹麼不去做專業的……」

「漁夫嗎？」他斜眼看我。

我笑了出來。

小魚精闢的講出他對「熱情」兩個字的見解。

「我是覺得熱愛某件事，不一定要拿來當作職業。你應該問問雨棠，如果你熱愛看漫畫，但不是畫漫畫的，有什麼不對？」

我越想越有道理。那天晚上，我把這個精闢的哲理告訴了雨棠。

但她還是將了我一軍。

「是沒錯，但是宋宥安，我不覺得你熱愛漫畫，那充其量只是個嗜好，拿來打發時間而已。眞正熱愛某件事的人，會主動去鑽研這些事，久了就會成爲專家。」

「例如？」

雨棠已經不耐煩。

「例如？不是吧？我忙成這樣還要給你舉例子？」她先轉頭打電腦，又回頭，「OK，例如寫個專欄做漫畫評論家之類的，或者開間漫畫店、試著寫本小說請人畫成漫畫。總之，如果你熱愛一件事，不可能坐以待斃，一定會想辦法讓自己接觸更多有關漫畫的事。」

在那一年，我們的拉鋸更加明顯。之前爲了跑到巴西找她，我辭掉一個好角色，然後那個代替我演出的人，竟然成爲最搶手的男演員！而我只能勉強跑通告度日，玩一些猜謎遊戲、被水潑、罰吃辣椒，還得接一些奇怪的代言來付房租、繳電話費。

雨棠從學校畢業後，開始做全職紀錄片導演。在巴西拍的紀錄長片獲得國際影展的矚目，陸續收到國外的製作人邀請，參與他們紀錄片的編導合作，甚至有學校提供獎學金讓她進修。

在這三百六十五天中，我和她幾乎有兩百八十天在吵架，然後有將近八十五天她都不在臺灣。對於我的埋天怨地，她已經練就到眼不見爲淨的地步；而對於她的冷漠，我則是長出一棵怨恨的藤蔓，爬到她窒息也無法掙脫。

就在第三百六十六天，雨棠終於打破我們之間長達十四年的友情和七年的愛情。在把東西全都搬走以前，她遞給我一個鞋盒。

我一打開，是當年我們第一次見到黑皮時，牠咬著的皮鞋。

是童年。是當年綁著紫色緞帶，國小三年級的雨棠。我的淚很燙，滴到皮鞋上，只好用乾淨的袖口擦掉。那些童年才有的歡樂，都到哪裡去了？爲什麼我們會走到這裡？看著這隻被輪胎壓過的舊皮鞋，我不停的想起爸爸寬厚的背影。

爲什麼我會失去了一個摯友，現在又要失去最心愛的人？爲什麼我像是個孤兒，明明有母親卻無法擁有親人的溫暖？

我只能握住這隻皮鞋，數算自己失去的人。

「這其實是我哥的。」她戴上鴨舌帽，不敢看我。

我的心正在下降，像落進海裡的船錨，正在等待它沉到海底。

「小安，」她終於稍微抬頭，紅腫的眼睛像徹夜未眠，「我哥一直沒有拿走，我猜他也不想再想起以前的事。」

連鍋蓋王都不想再想起我，還有人可以比我更失敗嗎？

「那爲什麼要給我？」我拿著鞋盒的雙手跟著心跳顫抖。

「因爲我也不想再想起以前的事。這次，是眞的。」

說完後，她便拖著皮箱離開，只剩下房間空曠的書櫃和我被挖空的心。

第十八章

那是我們第二次分手。

那一陣子，我做了不少超乎常人做的事。例如，半夜喝得醉醺醺回到家，卻不敢進門，因爲不想看到以前雨棠常常出入的地方。

說「不想」，其實是懼怕。我害怕她踩過的地毯和她泡過咖啡的廚房，害怕她蹺腳看電視用的茶几，害怕那些我們一起看過的DVD封面。於是，我經常會窩在家門口睡覺。

好險當時我不怎麼紅，不然我早就是八卦雜誌的封面人物，而且標題是：「明星宋宥安酒後露宿街頭」。

有一晚，我在外面跟廣告公司的人吃飯喝酒，喝到整個人窩在板凳上都不肯回家。過了好幾個小時，店都打烊了，只剩下一個人坐在我身邊。他搖頭搖了好久，嘴裡還發出「嘖嘖嘖嘖」的嘆氣聲，看來我的鬼樣子眞的很慘不忍睹。

朦朧中，我努力看著這個人，發現是小胖導演。我趁著酒意，壯著膽子向他道歉，吐露我被雨棠狠狠甩掉的愛情故事，他邊聽邊搖頭，說了一句：

「都已經是二十多歲的人了，給我回家好好休息，明天打給我。」

第二天，他給了我另一個機會，簽下另一齣戲！

那齣戲的場景設定在冰天雪地，拍攝的地點都在韓國與大陸。我將近花了八個月在首爾和哈爾濱，過著像愛斯基摩人的生活。在這八個月裡，四肢凍得像冰棒，偶爾與劇組的人在雪地裡搭個帳篷，就一塊兒升火喝熱奶茶，談天說地，等著大家一起把四肢冰棒解凍恢復知覺。還記得那時候，我們經常開懷大笑，每個人嘴裡冒出來的寒氣很眞實，好像有一股魔力把我們所有人都緊緊串在一起。當導演一聲Action，我們的感情因著熱奶茶和嘴裡的寒氣而顯得更有默契，鮮少NG。

一直思念一個不會見到面的人，遠比四肢冰棒毫無知覺來得苦。

然而，八個月的離鄉背井的確有療傷的作用。每當我在雪地裡想起雨棠，都感覺她是一個活在我記憶中的人，而且也繼續留在記憶中；她沒有跟著我前進，只是在我的腦海裡原地踏步。她沒有參與我的熱奶茶，也沒有跟著我一起嘴裡冒寒氣。

某一個程度上，我漸漸喜歡上這種感覺，也希望它維持下去，因爲我知道這就是療傷，是個好現象。

但在這某一個程度上的另一面，我也害怕這種感覺。因爲我知道如果一直這樣，雨棠就會正式成爲我生命中的過去式。

要不要讓她成爲我的過去式？這個決定握在我手裡。

電影上映的前兩個星期，我把電影票寄給雨棠的祕書，雖然不知道她會不會把票轉寄給雨棠，但我還是寄了。順便把折斷一半的鉛筆也附在信封裡，當作無言的留言。我沒有懷抱任何期待，就只是禮貌性的友情贈票。

但是她沒有出現，也沒有任何消息。

這種沒有被友善回應的拒絕，打亂了我療傷的次序。我跑去她祕書的辦公室質問。

「我有寄給她，但是她人在國外，眞的無法參加。」她的小祕書說。

「她在哪裡？」

小祕書搖搖頭，很不好意思的說無法告知。我整個人癱在她辦公室的沙發上，根本不像一個電影剛上映的男主角。

「不過啊，我覺得你穿耳洞滿好看的！我朋友都很喜歡，說有一種神祕的感覺。」

這位看起來不到二十歲的小祕書竟然臉紅了。

我決定跟她做個交易。她告訴我雨棠的下落，我跟她合照，讓她可以傳給親朋好友炫耀。

但她還是搖搖頭，我繼續協商，到最後我們終於達成協議：等雨棠回國時，她會通知我。

電影上映之後，受到的好評令大家大感意外。我飾演的角色獲得熱烈的迴響，不少評論家說我鹹魚翻身、明顯進步、角色有靈魂……我像飛上枝頭的樹懶。

殊不知，那段四肢冰凍到無感與大家喝熱奶的日子，才是真正令整齣戲融入到我生命的關鍵。

我不但成為演藝圈當紅炸子雞，還被捧為最具實力的新一代演員，接著被提名金馬獎，又順利得獎。在臺上致詞的那幾分鐘，我心裡的衝擊有如洪水橫掃大地，因為沒有任何知心的朋友在身邊，沒有親人為我的成就喝采，而且在觀眾席中站立拍手的那群人，都不認識真正的宋宥安。

他們不知道宋宥安已經有好幾個月都過著魂不守舍的日子，也不知道宋宥安沒有家人，因為他的家人只出現在照片裡。

那一天我參加會後派對，以為熱鬧的氛圍會是沮喪最好的良藥，結果看到那個近似媽媽的背影，我立刻衝回家，想要打給雨棠告訴她這個驚人的可能性。

我在車上解開領結，心裡還在妄想搞不好雨棠已經跟以前一樣站在門口，準備給我一個驚喜，要跟我好好慶祝。

我想念她，也想念以前的我們。

當然我的妄想沒如願發生。我拖著疲憊的心靈，坐在地上拿出手機打算找人訴苦，只是手機滑來滑去，通訊錄從A滑到Z完全沒有一個人可以聯絡。在演藝圈這麼久，但眞正能夠談心的，卻一個都沒有。

我想念鍋蓋王，也想念以前的我們。

我們三個怎麼會變成這樣？我開始埋怨起老天爺……為什麼要讓鍋蓋王得到這種病？為什麼要讓我從小就失去爸爸？為什麼我媽媽會變成一個縱火犯？

過了一個星期，根據小祕書給我的情報，我戴上墨鏡到機場接機，想要再次給雨棠驚喜，就像上次到巴西突擊一樣。

我看到航班資訊上寫著印度航空已降落，心跳加速。

沒多久，雨棠出現了。她依舊一身輕便，但因為身上的洋裝和草帽而多了女人的成熟感。她走在裝滿行李的手推車旁，有另一個人幫她推推車。

我正要走過去，身邊突然有人認出我，要我簽名，讓我亂了方寸。我邊簽名邊注意雨棠的動作，竟然看到她爸媽也來了，然後雨棠把旁邊的友人介紹給她父母……是上次在巴西看到的新加坡男士。

這是她的新男友嗎？

我眼巴巴看著他們有說有笑，像是新組成的一家人。我已經開始想像他們一起過耶誕節、新年，生日會聚在一起吹蠟燭，是個十足十的歡樂家庭，而這個家庭裡並沒有我。

我的心像被撕成碎片，跟著狂風吹落在地，亂得一塌糊塗。我一手推開包圍在身邊的粉絲，戴上鴨舌帽和墨鏡，像私家偵探一樣關注他們的一舉一動。雨棠的笑容跟以前一模一樣，但多了幾分甜蜜。這位男士明顯的在討好梁爸梁媽，而梁爸梁媽也以笑顏回應。

難道這就是雨棠要跟我分手的原因？

我越想越不是滋味，內心燃起熊熊火焰。我叫了一輛計程車跟在他們後面，然後一路來到雨棠開始工作後，自己省吃儉用買下的小房子。我看著他們把所有的行李卸下，目睹這位男士跟進家門，果真不出所料。

那些她口中的人生大道理，根本就只是個幌子，包裹住她說不出口的事實：她早已移情別戀。

那一晚，我哪裡都沒去，一直待在她家對面。我盯著大門口，想要證明自己的推斷正確。除了偶爾到隔壁超商借廁所，其他時間沒有離開半步。

整個晚上，我看見窗簾內的影子晃來晃去，卻沒有人進出。換句話說，那個男的肯定住在她家。

之後我更常化身成爲一名業餘偵探，有事沒事戴著墨鏡和鴨舌帽到她家站哨，或在她辦公室樓下出沒，跟著他們上捷運，下公車。我還請小魚推掉所有訪問，雖然他無法接受我好不容易紅了卻無心經營事業。

雨棠和他依舊一起上班，一起下班回家，完全看不出分手後的傷心狀態。

爲了查出更多他們之間的事，我把雨棠有可能會設爲密碼的所有組合都打了一遍，終於駭進她臉書。自從分手那一天起，我就將她從好友名單中刪除，所以對她的動態一無所知。

我查到我們分手後的第二天，雨棠就貼出生命格言，像是在鼓勵自己往前進，不要回頭。

10月5日

還沒過年，卻在送舊迎新。

脫去穿了十幾年的外套，總會很不習慣，但我相信自己發出來的熱度足以暖身，那才是眞正的熱度。

#謝謝你一直在我身邊

#前進柬埔寨

1月19日

感謝所有工作人員對我的信任和支持，無論片子出來的評論如何，能夠讓當地無法受到教育的小孩有機會閱讀，就是我最大的收穫。

#下一站印度

#謝謝太陽公公

11月6日

我寥剩無幾的各位親朋好友們（這是矛盾句），不要再奪命追魂call了！我還在世，而且正在新加坡轉機中。媽，我是阿棠啦，我服用你寄來的雞精，已經胖了一圈，你在機場大概認不出我了！

#回家回家回家回家

#我要回家回家回家

#太陽公公跟我一起回家

12月13日

誰說十三號星期五是個黑日子？今天是個好日子，因爲我說它是，它就是！太陽公公一直在我身邊照亮著我，有溫暖。

#人生的主權在我手中不要來搶

#謝謝太陽公公

一目了然。

太陽公公絕對是她對他的暱稱。

雨棠的臉書沒什麼太多動態，更沒有私訊，當然，他就在她身邊，何必私訊？

通常當一個人氣到失去理智的地步，頭腦就會特別冷靜、清晰。我開始布局下一步動作，得想辦法溜進她家，才能確認這件事，而且還能當場抓個正著！對，沒錯，我絕對要她啞口無言，看到她詞窮和抱歉的臉。

對我來說，那會得到一種勝利的快感。因爲壞人終於被揭穿，而我是個受害者，是個無辜的受害者。

我的思緒被恨意、復仇這兩個兄弟團團包圍，沒有任何空隙。

那天晚上，趁她家沒人，我爬到後院，用小刀刮開她窗子的紗窗，使勁甩開不怎麼結實的窗框。我曾經是這裡的常客，對她家地形瞭若指掌。我躲在她衣櫥內，靜靜等待她和那個男的回家，就能看清楚他們之間的關係，立刻當面對質。我要順便讓這位新加坡男子知道，他不但是個破壞別人感情的第三者，他的女朋友也是個劈腿族。根據數據顯示，通常有劈腿紀錄的人，會一直做同樣的事，所以請他好好想清楚。

我一想到這裡便血脈賁張，興奮指數破表。他們肯定會對對方的忠誠度打上問號，肯定會有排山倒海的爭吵，到時搞不好雨棠會來找我談心，就跟以往一樣，回到月臺吐露她那一層最深沉、最凹凸不平的黑暗處……

在她的衣櫥裡等啊等的，等了三個多小時都毫無動靜，我的眼皮不聽使喚往下垂，就這樣睡睡醒醒，醒醒睡睡，根本搞不清到底現在幾點。

等到耳邊傳來開門的聲音，我從衣櫥的縫隙瞄出去，看到雨棠走進房間，心臟撲通撲通的狂跳。

有好久的時間，我都沒有這麼近看她。她變得更有女人味，更會裝扮自己。她把身上的大背包放到床上，甩甩頭，拿起梳子到鏡子前梳頭，我湧上一股錐心的思念。

這曾經是我最親密的朋友，最心愛的女孩子。

她打開窗簾，注意到窗戶被破壞的痕跡。

這時，有人敲門，一打開就是那個男的。

他們用英文對話幾句，他走到窗邊檢查，兩個人靠得很近，是很熟的人才會有的距離。

我決定就是現在。

我打開衣櫥，站立在她面前，像一隻準備撲食的黑熊。

她的尖叫、詫異與慌張，惹來勇敢的他快速擋在她面前，拿起手機報警。一片慌亂中，我只注意到她的眼神，活像躲到石頭後面的小白兔，以爲自己是黑熊的獵物。

黑熊從來沒想過在白兔恐懼的眼珠裡，映出來的竟然是黑熊；我從來沒看過雨棠懼怕的眼珠裡，害怕我的侵襲。我們曾經是如此親密，現在卻變成了加害人與受害人，兩人之間只剩下驚嚇與憤怒。

我終於完全明白了一切。

她早就把我當作一個陌生人，而我們之間那些哈利波特與妙麗在月臺的記憶，在她生命中早已成爲過去式，停留在很遠的地方，沒再往前移動。我一年前在哈爾濱過著四肢冰凍的日子裡，也曾經差點把她留在那段時空，只是後來亂了腳步，不小心選擇讓她跟著我走入現在式。

她選擇了自己前進。沒有我。

我選擇了與她前進。但沒有她，只有記憶。

警察來了以後，我一句話都沒說，只是在角落呆坐，很想回家躺在門口，希望明天起來以後發現昨晚只是一場夢；沒有雨棠的驚恐，沒有警察的筆錄，沒有割壞的紗窗。

如果能夠重來，我願意補上所有生命的破洞，封住漏水的裂痕，拴上鬆掉的螺絲，我要站在月臺的大石頭上，告訴大家我過得很好，因爲親情友情和愛情，我每一樣都不缺。

第十九章

「傷痛的另一面，就是韌性。」

烏雲光輕柔的摸著我的胸口。她的手溫度比一般人高，我的胸口暖了起來。

這是我第一次講出我和雨棠之間的事，而且鉅細靡遺，就連最後的慘況也沒修飾。

在烏雲光面前我很放鬆，好像我的傷口就只有她給的藥可以撫平。我很久沒哭了，畢竟一個大男人爲了感情哭泣很窩囊，烏雲光給了我時間回憶，她的理解和同理，是我哭到無法收拾的舵手。

我的啜泣不只是爲了雨棠，更是爲了一路走來的殘兵末路，兵敗如山倒。

後來我的闖空門跟蹤事件登上新聞，媒體給我一堆「恐怖情人」、「心理不正常」的字眼，之後被取消的戲約和品牌代言數之不盡，等於是我自己走上絕境，斷送未來。

「唉，小安，」烏雲光看著我，「你是人，不是字眼。那些來自別人嘴裡的文字不能定義你，眞正能夠定義你的，在這裡！」她指我的心。

果然是守護者，她撿起我那顆被丟在地上的心。

「愛的代價就是傷心，因爲就算是親人，都會有離去的一天。這聽起來雖然代價很大，但沒有愛，就沒有生命力，那不是很無聊嗎？我想跟你說的是，小安，你是個會對愛情付出百分之兩百的人，但要經營長久的愛，就要先經營自己。」

我一直認爲生命中最重要的一環是家庭。而家庭的組成成員不外乎爸媽、老婆和孩子，但喪失了爸媽這兩位重要的成員，我潛意識想緊緊抓住我心愛的人，代替我失去的親人。

這不就是大家追求愛情的初衷嗎？一個愛你的人，完全接受你的優缺點，互相取暖，彌補所有的坑坑洞洞，藉以換得幸福的記號。

但烏雲光不這麼認爲。她說這是令人窒息的想法，沒有人可以替代任何人，也沒有人可以完全補足你生命中曾經的缺口。

「自己失去的，要靠自己補起來，才有能力跟另一個人共同經營一段關係，甚至經營家庭。」

我望著她，越想越不對。我想起我和雨棠那一天在萬聖節派對的對話。

「可是……」我試圖替自己翻案，「她很久以前就知道我最熱愛的事情就是看著她做她熱愛的事，那是當初打動她的一根小稻草。最後改變心意的是她！」

我在抱怨。我從頭到尾都是那個愛著雨棠的宋宥安，變了的人是她，不是我。

「這樣吧，小安，你跟我到後院，我給你看一個東西！」

我跟著她穿過一道長廊，牆上掛著不少人物墨水畫，每一位都英姿颯爽，披著掛袍。我眼角瞄到一幅畫，停在面前。

「這是……」

烏雲光回頭，笑了笑。

「河川。」

不只河川，我也看到火林的墨水畫。如果沒錯，我猜這些全都是所謂的「守護者」。

「請問，你們這裡一共有多少守護者？」

我這麼問，無非是因為我們已經走了將近五百公尺，牆上的畫沒有斷過，而且我們還沒走到她的後院。

「啊，我也沒算過，但應該有幾百位吧。」

幾百位？天啊，我也只見過河川、火林與烏雲光，我不知道需要這麼多的守護者。如果平常沒有人昏迷，他們都在幹麼啊？還有，不知道他們如何分配工作？誰負責誰的昏迷遊戲，是不是有專門分配工作的組長之類的？

「到了！」

我四處看了看，有點吃驚。原本想說這裡是個奇妙的小屋子，畢竟從外面看這裡不到二十坪大小，但走廊的長度根本無法放進二十坪的空間，所以是個不合人類邏輯的地方。照理說後院應該也會很驚人，但完全不是這樣。

「你的後院……好像平凡人類的後院。」

這就是不合邏輯的地方，也是我唯一可以拿來形容的句子。這裡大約五坪，椅子上和圍牆上擺滿盆栽，也有攀牆的藤蔓植物。在一個奇怪的空間裡隱藏著平凡的後院，真的很不合邏輯。

烏雲光笑得好大聲，覺得我的反應很有趣。

「是沒錯。但是這裡有不少植物是你們那裡沒有的。你看，像這個！」

她指著兩盆盆栽，我走近才察覺到裡面長著兩株品種相同的植物，而且它們的樹葉竟然是綠色的小方塊。不但如此，有些葉柄上長出類似方糖狀的小果實，十分可愛。

「這種植物叫做方塊藤，下面看起來是盆栽，但長大後上半部就會像藤蔓一樣。我要你來，就是想跟你說這兩個盆栽之前發生的一段小故事。」

我在內心升起一個大問號，時間來得及嗎？我不是快要掛了嗎？帶我來聽這兩棵植物的故事，有必要嗎？

烏雲光笑著搖搖頭，要我相信她。

「唉，重點不是趕緊過關，重點是……」她回頭看我，「你不虛此行，看到人生的另一面，做出更好的選擇。」

也對。從河川、火林到烏雲光，他們做的每一件事和每一句話，似乎都隱藏著更多意義。我順從的遵照她的建議，把專注力轉移到這兩盆方塊藤上。

雖然它們屬於同一種植物，但很明顯的有一個相異之處。左邊的盆栽已經長出方塊葉，果實也有方塊雛形，高度中規中矩，就跟一般的盆栽差不多；而右邊這一盆很明顯的比左邊的雄偉許多，不但方塊果實更多，而且高度還跟我相近。

「沒錯，」烏雲光說，「這兩盆我是同時種下的。左邊這一盆不給面子，老是長不好，右邊這一盆倒是很爭氣，長得又快又穩。有一陣子我甚至把右邊的泥土挖出來，放進左邊的盆栽裡，你可能不知道，這種植物長得好的話，會釋放出一些養分，泥土就會帶著營養，如果可以拿出一些移到左邊這盆，搞不好就有救了。」

我點點頭，了解這種概念。

「但是，」烏雲光用手摸摸右邊的葉片，「我拿了好幾次右邊的泥土，左邊的盆栽雖然有好轉，但馬上又會回到以前那副垂頭喪氣的模樣，而且後來我發現，右邊這盆也開始不長了。我乾脆先不理左邊這一盆，希望它找出自己的方式存活。」

我又再次望著左邊這一盆，好像沒什麼起色。

烏雲光從她的袖子裡拿出一粒亮光，這顆亮光飛到半空中，停在兩個盆栽的上方，然後漸漸飛得非常高、非常遠。在亮光照耀下，我才發現院子裡有一道石牆，就是我掉下來的那一道牆！

但那不是重點。重點是，原來左邊這個盆栽並非只長到我看到的一般高度，而是轉變成藤蔓，攀附在後面的石牆！它攀附的高度遙不可及，根本用肉眼無法偵測，更令我驚訝的是，原來我抓到的那六顆小光，都是從這棵植物吐出來的！

而右邊這一盆相形之下，反而略顯矮小，失去了該有的風采。

「我想告訴你的是，一味的吸取別人的養分，會使雙方都失去生命力。最好的方式是各自經歷掙扎後，找出自己成長的方式，這樣才可以達到你剛剛講的，互相取暖。」

烏雲光把左邊的盆栽的泥土挖出一小塊，移到右邊的盆栽。

「長大就像這些植物一樣，自己要對自己的生命負責，而且面對惡劣的環境還要有毅力克服。」烏雲光放下小鏟子，溫柔的看我，「我可以帶你到屋子外面嗎？」

「當然。」

我跟著她到了門外，仍是一片漆黑。

「你看看天空。」

我舉頭一看，隱約看出紫灰色的天空裡，埋伏幾片烏雲。但除了烏雲，我看不到其他的東西。烏雲光看著我露出沉穩的笑容，似乎很熟悉這樣的我，或者很熟悉來這裡的人都有這種反應。

「烏雲外有一圈光線，你看到了嗎？」

我眞恨自己不夠高，踮起腳來想看得更清楚，但其實根本沒太大差別。我仔細看著烏雲外圍，果然有一圈微弱的光線，想必是月亮，或者這裡的任何一種星體。

「是月亮，當然是月亮！」烏雲光笑著回答我的OS。

我感到奇怪，爲什麼之前在懸崖上，完全沒看到任何月亮？

「因爲少了我。」

她露出神祕的笑容，跟之前火林聲稱她住在樹林裡的笑容，有異曲同工之妙。

一個掌管河流，一個掌管樹林，另一個掌管月亮……

「喔，不，我要你看的，不是月亮。」烏雲光立刻打斷我的ＯＳ，「還有，火林也不掌管樹林，河川也不是眞正掌管河流。」

天啊，這種似是而非的管轄分配，眞的不是我可以理解的。

「我們是透過自然現象發揮作用，而非物質本身。」

「所以……」

「我們經常用自然現象提醒你們如何發揮人類美好的本質和韌性。就好像流水可以成爲強大的瀑布，火燒樹林的原因通常是不可考的閃電，而烏雲之外的光，則是試著告訴你們如何處理苦痛、悲傷。」

她指著烏雲，說出她的「管轄地帶」。

我再次抬頭仰望這幾片烏雲，其實眞的很難看到外圍微弱的光圈。若不是烏雲光特別指出來，誰會看得到？

「大部分的人一看到烏雲，只會覺得很陰暗，心情跟著低落，接著看自己有沒有帶傘，然後下一秒就希望太陽趕快出來，或月亮趕緊露面。很少人會特別注意外圍的光圈有多美好，它代表了盼望、忍耐。」接著烏雲光突然轉過身面對著我，「你的痛苦就跟這片烏雲一樣，背後還有很多美好的事。」

我想起那段跟雨棠分手的日子，苦不堪言，魂不守舍。

「我看不到。」

那種感覺揮之不去，好像被拋在一個黑洞裡，連自己都找不到自己，永無天日。

「如果要看見後面的光，你知道需要什麼嗎？」烏雲光問。

我想了想，回答不出來。

「時間。時間到了，烏雲就會離開，你就會看到後面的光。要恢復失戀的痛苦，就要提醒自己痛苦總有一天會離開，跟烏雲一樣，小安。」

我竟然莫名流起眼淚，像隻被欺負的小狗。

不知道是不是她的安慰正中我的要害，還是因爲從來沒有人如此嚴肅的告訴我這一切。失去摯愛的爛瘡需要時間漸漸恢復，是個自然現象，無須找尋小路繞道，也不用尋求偏方。任何激動的報復或瘋狂的舉動都沒有用。都沒有用。

烏雲光用繡著紫色綢緞的袖口，爲我一點一點擦去眼淚。

「沒有人可以催促烏雲趕緊離開，但時間到了，它就會離開，月亮終究會現形。心痛的時候只要知道這樣，就夠了。」

烏雲光面對哭泣的我沒有一絲不耐煩，更沒有催促我快點擦乾眼淚。在她身上，所有事物都有它的節奏，不用著急，讓自然定律發揮它們的作用，才能完全康復。

她對著我點點頭，確認我了解她的一番話。

我完全了解她的意思。烏雲光的每一個舉動、每一個笑容都附著強大的母愛，她的論調裡，有顆令人融化的小太陽。

我最後一次看著天空，發現烏雲已漸漸離開，月亮的亮度果然迷人。

烏雲光看我恢復得差不多，拿起我脖子上的項鍊。

「準備好了嗎？我要告訴你這條項鍊的作用了。」

我用自己的袖口擦擦臉頰，點點頭。

「這片葉子能夠讓你在闖關時，聽到別人內心的話，也就是你常常說的OS。切記，這片葉子只能聽到一個人的OS，所以當你決定人選，就看著那個人，然後把葉子吃進去。但是，絕對不可以跟對方討論你們正在闖關的事，不然兩方都算失敗！還有……」她握住我雙手，「孩子，你一直沒有長大，因爲你一直用錯誤的方式彌補小時候的失去。現在，是時候長大了，這樣你才能照顧另一個長大的人，懂嗎？」

我腦袋裡突然響起鍋蓋王曾經講過的那一句話：「總覺得如果能夠在眞正結束生命以前，清楚的知道自己到底做了哪些錯誤的決定、好的決定，才像是眞正結束生命。我不知道有沒有，但我希望有。」

他是對的。阿柯也是對的。這裡的確有所謂的審判、守護者，還有機會知道自己釀成的錯誤。只是，我還沒死。

我還有機會。

我不由自主的大口深呼吸，彷彿這樣才能把她的建議刻在腦子裡，牢牢不忘。

她笑著看我，要我轉頭往回走，開啟那扇當初我走進來的門。我依照她的指示，心裡七上八下，知道這將是我最後一次機會。

門一開，我突然覺得自己是哆啦A夢的室友，不小心打開他的任意門。

第二十章

我的右手緊握著脖子上發光的葉子項鍊，這一關勢必要完勝。不可以有任何藉口，不可以有任何疏失，但即便如此心想，我還是忍不住雙手顫抖，呼吸急促，冷汗冒個不停，雙眼不停張望確認自己身在何方？這到底是我的哪一段人生片段？

我低頭看著手上的鬱金香，發現前面站著一位拉丁裔的櫃檯人員，他帶著一種期盼的眼神，手裡拿著電話，正在等我的反應。

是巴西。我馬上反應過來，用英文告訴他不需要叫車。頭一轉，看到雨棠跟著那個男生從計程車下來。

是我和雨棠第一次分手，我跑到巴西的那一天。

爲什麼是這一關？我需要重新選擇什麼？難道……這位櫃檯人員是我的對手？

我拚命甩頭，跟一隻從水裡爬上來努力把水甩乾的小狗一樣。我提醒自己，知道對手對闖關成功與否沒有幫助！終極目標是要過關，而且這次只准成功、不許失敗！

我摸摸脖子上掛著的葉片，爲自己加油。

雨棠一進到飯店就看到我，詫異裡依舊沒有半點驚喜。我看著當時的她，心中有上百種說不出的情感，一時之間很難釐清，總結只有一句：「我們後來怎麼會變成那樣？」

如果可以重來，我希望可以留住九又四分之三月臺的那個雨棠和小安，躺在草地上的兩人相信自己與地球一體成形，沒有人被世界落下。

不是那個警察拿出手銬把我拉走，她依偎在另一個男人懷裡哭泣的結局……那不應該是我們的結局。

哈利波特和妙麗的結局應該是美好的，是有魔力的，加起來是美好的魔力。

這是肺腑之言。如果可以，拜託，如果可以。

我把花送到她手上，祝她生日快樂。旁邊這位她未來的男友也輕輕抱住她，送上生日祝福便識相離開。之後我們一起上電梯，她要我給她時間盥洗，待會樓下餐廳見。

就跟之前一模一樣。

我點頭離開，盤算這次到底該如何挽回她的心。

正要進電梯前，我忍不住回頭，默默望著她的背影。我看到她正要開門，卻找不到鑰匙，拚命往包包裡撈，但還是找不到……最後居然跪在地上，摀嘴哭了起來。

我想快步走過去抱住她，但她的手機突然響起，令我立刻停下腳步。一接起電話，她哭得更慘，雖然我的英文有限，但從她的表情和簡單幾句話，我很肯定打給她的是那一位與她同行的未來男朋友。

雨棠正在跟他道歉，並且告訴他需要一段時間來處理自己和我之間的關係，不然對我不公平。

最後她用英文說上最後一句：「很抱歉，完成這次的影片後，我們不要再聯絡了。」

一掛上電話，她遮住嘴巴將哭泣的聲量降低，卻控制不了淚水決堤。

我靠著走廊轉角滑到地板坐下，毫無頭緒。

照理說我應該會生氣，我最心愛的女孩子正在爲另一個男生哭泣。

但我告訴自己沒資格生氣。在我突擊到巴西爲她慶生之前，雨棠不是早就說過要和我分開了嗎？

只是我不知道原來她這麼痛苦。

自從跟她在一起以後，我只看到她咄咄逼人要我找出「熱情」，忙來忙去也只是爲了她自己的事業和紀錄片裡那些需要被發聲的弱勢，這些事讓我忽視了她的軟弱，看不到她的掙扎。後來看到他們一起在機場出現，從此這兩個人被我貼上標籤，再也沒有興趣探究她背後與他的拉扯。

再者，我是被害人，幹麼去了解加害人的痛苦？

「那你有沒有想過，她也是個被害人？」

這是我的ＯＳ。也有可能是烏雲光，但語氣有點像河川。不，挑戰的口吻應該是火林。無論是誰，跟他們相處太久的後遺症，就是那些只有老人才掛在嘴邊的金句一直環繞在耳。

我拿起項鍊，目不轉睛的看著雨棠，然後把葉子吃進嘴裡。

無論這對我過關有沒有幫助，我都想知道她隱藏在冷酷底下的脆弱。葉子沒有任何味道，入口即化，有點清涼，有點發燙。不到幾秒，我很清楚聽到她內心的話。

她拚命提醒自己要冷靜洗個澡，然後好好處理我們之間的關係，也必須給我更多機會……

接著房門一關，留下我一個人在走廊。

在樓下餐廳等待的那段時間，我回想接下來會發生的步驟。她會問我爲什麼在這裡，然後我撒謊告訴她辭掉電影是爲了好好想清楚自己的熱情在哪裡……

她會相信，會感到欣慰。

但這次我決定不這麼做。

「你不是在拍戲嗎？怎麼來了？」

她一屁股坐在我對面。我一抬頭就看到戴著墨鏡的她，現在終於知道原來是爲了遮住紅腫的雙眼。

我耳邊一直聽到她的OS：我該怎麼做？我到底該怎麼做？

「我不拍了。」我回答。

「爲什麼？」

不知道是什麼原因，我看不到雨棠該有的震驚。

我傾斜身軀，湊到她面前。

「我……想跟你說老實話。我之所以辭掉那齣戲是爲了來看你，聽起來很沒用，我知道。」

她看起來心裡一片寧靜。

「很抱歉，我……」我繼續說。

我該說什麼？

她摘下墨鏡，看起來疲憊不堪。她以前笑的時候連眼睛都會笑，彎彎的好像月亮，耳朵是米老鼠，搭配她的酒窩，是個快樂的卡通人物。現在的她就只是一個被宋宥安的情緒壓垮的凡人。那些魔法和卡通，全都被沒收。

我決定用最坦白的方式與她對話。

「一直以來，從來沒有問過你我們以外的事。如果你遇到喜歡的人，可以跟我說。」

她盯著我，雙眼浮現淚水。我伸手握她的手，但不是男女朋友之間的束縛，是親人的溫度。

我的觸摸像個開關，狠狠的按下啟動悲傷的按鈕。

我另一隻手緊緊抓著烏雲光給我的項鍊，開始仔細聽雨棠的每一句OS。

「我要怎麼告訴他我和博林之間的事？」

她正在思考。

「我要怎麼樣才能讓小安明白，我眞的一直在等他，給了他N次的機會，但一路上只看到失望。而博林只是個剛好坐在我旁邊的友人。剛好我們從同一個窗口看到一樣的風景，熱愛同一件事，有著聊不完的天，又剛好博林鼓勵我，也激勵我成爲更好的人。我們曾經一起握著被黑道剝削的農夫雙手，三個人半夜哭泣，然後互相發誓要爲世界受到不平等待遇的人繼續努力。博林是個好人，是個努力、樂觀的人，他讓我想要成為一個更好的人。」

最後，她當著我的面說出口：「你從來不給我任何機會……你明明知道我會不忍心，所以不給我選擇離開你的機會，就跟現在一樣……」

等她說完，我大徹大悟。

在她的掙扎裡，我是一個纏著她不放的前男友。我利用了她的善良，也澈底消耗了多年累積出來的友情、親情和感情。

「OK，很難接受，但我懂了。」我像被人用刀子擱在脖子上，感到難以吞嚥。

「為什麼跟當時完全不一樣？」又是她的OS。

什麼？我皺起眉頭，不懂她的OS。

我放開項鍊，像被不好的預感敲了一計，有點暈暈的。

她依舊是當時的雨棠，就連餐廳裡的收銀機開關和碗盤的碰撞聲都很熟悉，只是眼前的她變了一個人。

我的心裡冒出一個強烈的猜測，連想都不敢想的可能性。

雨棠會不會也在闖關？但怎麼可能？不可能、不可能……

不過話說回來，我對自己昏迷前到底發生了什麼事完全沒有印象。到現在我都搞不清楚自己發生了什麼事，更何況要想起我們兩個之間後來的事！

「雨棠，」我身子傾前，「你……」

我突然想起烏雲光的提醒：絕對不可以提起關於闖關的事。

如果不能問，那麼只好用自己的方式確認。我思考了幾秒，腦袋迅速轉動，一直在回想到底發生了什麼事，爲什麼她也在闖關？

我們一起發生了什麼事嗎？怎麼可能會這麼巧？

「你可以給我幾分鐘想一些事嗎？」

坦白還是最保險的方式。

她有點遲疑，有點慌張，彷彿搞不清楚前面的方向，正在思考自己到底該改變哪一個選擇。我管不了這麼多，先讓自己沉澱下來。

看樣子她並不知道我也正在闖關，當然……如果她的確是在闖關的話。

現在要做的，就是不要再試著去回想昏迷前發生了什麼事。

第一步，我需要確定她眞的在闖關。

「雨棠，你……」我開口：「去過這麼多地方，你覺得巴西、柬埔寨和印度，最大的不同在哪裡？」

她完全不敢相信我會在最不適當的時機問出最不相關的事。

「這很重要，拜託，請告訴我！」

她愣了幾秒，擺脫不了我心焦如焚的語氣和眼神。

「嗯……巴西的人很直白，有話就講。柬埔寨的人民善良，但很有韌性。印度的話……」她想了想，「階級制度還是很糟糕。」

我的心像有一座大鐘，被巨人敲到天昏地暗。

這時候的她根本還沒去過柬埔寨和印度，怎麼會知道他們的習性？

OK。我在心裡深呼吸，重新調整腳步。這是眞的、是眞的……她在闖關，跟我一樣。

她接下來的OS完全印證了我的推論。

她開始強烈提醒自己這是她最後一關，她還有好多話要跟她爸媽說，還有好多事要與博林一起完成，還有她最親愛的哥哥……想著想著，她眼眶閃出堆積在眼簾的淚水。

「她的『還有』中沒有我。」這是我的OS。

我有很多的對不起，很多的「如果不」，很多的「如果可以重來」，沒想到在她瀕臨生死間的夾縫裡，宋宥安的事非常不重要，連閃過腦海的痕跡都沒有。

聽到最心愛的人爲了另一個心愛的人著急，這就是烏雲光建議我的武器。如果這是最大的暗示，那麼我的下一步很簡單，答案很明確。

它不再是選擇題，而是塡充題。我需要放手，眞心的祝福她。

那麼，她的正確選擇會是什麼？一想到這裡，我腦子裡的另一個聲音馬上要我打消這個念頭，澈底封鎖這條路。

我需要管她做出什麼選擇嗎？這是我的最後一關，最後一關！

趕快！我心中的OS澎湃激昂。說出口，你就過關了！

是啊，要是再等下去，她一破解正確的選擇，豈不是正式宣告我Game Over？偏偏我的世界全部都是她。我習慣了揣摩她的思緒和一切事務，她是我的紫色天空，我的紫色小光。

再說，想一想頂多只要花幾秒鐘的時間吧？如果我是她，我會怎麼選擇？

坦白。

坦白是最保險的方式。

一直以來，她沒有告訴我任何有關她與博林的事。當我在機場看到他們的那一刻起，我陷入了無法脫逃、鬼迷心竅的心牢，拚命要抓住證據，好像拿到了證據就可以得到什麼天理恢恢疏而不漏的大結局。

其實根本沒有。結局是我被警察銬上手銬，被媒體痛批到一無是處，被雨棠從生命中切割，成爲毫無瓜葛的陌生人。

如果可以……

我希望她更早告訴我他們之間的事，讓我有時間緩衝，有距離麻木，有機會再讓四肢冷凍然後跟著其他人喝熱奶茶，淡忘失戀的痛。或許被扎到的痛苦會比後來的方式更劇烈，但不會落入偷窺跟蹤的死胡同。

如果可以，我希望她早點告訴我。小胖導演曾經說過，一個人寧可傷心，也不要憤怒。傷心是隻貓，會舔自己的傷口，但憤怒是隻餓貓，會上街找老鼠。

我知道時間終究會讓我看到烏雲後面的光。

不知她是否也知道，這就是她的闖關答案？

我知道我的闖關答案：「無論如何，我永遠祝福你。」

這句還沒說出口的話，是對前女友一句眞心的祝福。我相信這就是我闖關成功的密碼。我相信只要說出口，我會從遊戲中解脫，也遠離世上的憤怒與抱怨。

正要開口，她的ＯＳ微弱的傳來，打亂我闖關的節奏。

「我眞希望可以告訴你我正在經歷的一切，小安。」她低著頭，「我想念那一段無所不聊的日子。如果可以重來，我眞的希望我們是一輩子的好朋友。」

她這句OS令我方寸大亂。

雨棠滿臉黯淡無光，是個根本還沒騎上馬打仗就綁上白布條的敗將。她以前的風光和燦爛，那雙聰明的耳朵和會笑的眼睛，都被生命的盡頭拖垮，像一條放棄跳回海裡的魚。

這就是我的對手，我最心愛的女孩。我們曾經是最親密的人，一起度過了童年和家庭的混亂，以爲只要相愛，什麼都很簡單。只是沒想到相愛需要兩個人同意，但不愛只需要一個人。所以相愛簡單，分手難。

我依舊愛她，但她不愛我；她依舊愛我，但沒有愛上我。妙麗與哈利依舊只是朋友，不適合做戀人。

「好像是時候玩『如果不』了。」我說出口，鼻子有點酸。

她拿起桌上的紙巾，居然摀住嘴巴哭了起來。

「如果不知道該怎麼辦，那就告訴我你和他的故事吧？」

這就是我的選擇。

我選擇讓她傾吐，讓她說出當時不敢說的祕密。我選擇讓她擊敗我，回到她美好的生命。

她奪眶而出的眼淚正爲自己塡滿最後一絲勇氣。

「這樣一來，我們或許可以成爲一輩子的朋友。」這是我的OS。

說吧，雨棠，你辦得到的！一說出口，你會回到溫暖的家，回到博林的懷抱，拾起行囊往需要你的地方。

而我？反正我無法回到溫暖的家，回到你的懷抱，更沒有工作讓我拾起行囊。與其這樣，不如讓你回到生命該有的幸福。

於是，她哽咽道出那一句關乎我生死的答案。

「我對博林有好感，小安。我也不知道怎麼會這樣，也不知道該怎麼辦，眞對不起……」

她滴下好大的淚珠，哽咽聲就跟失控的水龍頭一樣無法自主。整個餐廳的人都看著她，因爲她的哭聲像個無助的孩子，無法控制自己隱瞞已久的情緒。

「如果不能有你一起度過下半輩子，那麼……或許祝福你也會是一種選擇。」我握住她的雙手，講出內心最眞切的答案。

我知道她即將離去，回到她應有的幸福。這將是我最後一次見到她，最後一次觸摸她的手。

再見了，我的雨棠，我的米老鼠。再見了，我的妙麗。

她的腿開始變成石頭，慢慢往上移，然後是她的腹部……

「回去之後，」我大叫：「跟鍋蓋王說對不起！跟我媽說對不起！我永遠虧欠他們，還有你……」

雨棠這時才警覺我跟她處於同樣的「世界」，都在闖關，都在為生命做出最後的掙扎。她似乎想起什麼，快速把手掏向胸前的口袋，拿出幾枚金幣，放到我手中。我手打開，卻因為石化的速度而只剩下半個金幣，其他的都隨著雨棠變成石頭。

我硬把手中半個金幣折斷，抬頭看著變成石頭的雨棠。她是微笑的。

我知道她在笑什麼。

「你大概在笑，連最後一次接觸，都有半個金幣來代表我們的魔法吧？」

說完後，我看著手掌上的金幣，希望這次眞的有魔法。

第二十一章

四周瞬間颳起一陣大風，把肉眼看得見的所有家具和人都吹到半空中，往四處亂竄。我隨著一陣龍捲風吹到千里之外，眼睛根本張不開，瘋狂大叫。

難道這就是人死了之後，到另一個世界的方式？沒有雲朵來接我，也沒有飄上天空，而是……龍捲風。

耳邊咻咻咻的強烈風聲就像有好幾千萬隻蜜蜂穿過我的耳朵，從左耳到右耳，令人作嘔。等到風聲漸漸平息，我感覺雙腳踏在地上，才敢張開眼四處觀看。

龍捲風帶我回到最初的懸崖上。我抬頭一看，發現天空不再是紫色，而是藍天白雲的好時光，就跟在世上沒有差別。

是因爲生命到了盡頭都會這樣嗎？

還是因爲完全放手，雨棠不再是我的牽掛？

不知道，無解。眞希望河川就在我身邊，朗讀一堆詩詞來解釋這種美好的心靈狀態。啊，不然如果火林在也不錯！她會大剌剌的跟我聊一整夜，用童音訓我一頓。當然，我也想念烏雲光的溫暖。有她在的地方，永遠都是柳暗花明又一村。

我本想走到懸崖邊，卻被什麼東西給絆倒，一低頭，看到一顆圓滑到發亮的石頭，就跟一塊磚頭差不多大小，石頭上有一道很完整的切痕，跟撲滿有點像。

我的眼神被石頭邊一座小沙丘給吸引走。我搬開沙子，發現裡面竟藏著一枚金幣，令我想起河川、火林給我的金幣。難道這是第三枚？

我把其他兩枚從口袋裡拿出來，耳邊馬上飄來熟悉的聲音：「拿走吧，小安，放進石頭裡。」

是烏雲光。她來不及給我金幣，只好埋在沙堆中。

但投入石頭會發生什麼事？我苦笑了一會兒，心想反正遊戲結束，都已經掛了，還能怎樣？

一投入石頭，一道光出現在石頭邊，上面映著三個人的影像。

河川、火林、烏雲光。

這道光不停的在這三人影像間來回晃動，速度緩慢，似乎在等我做些什麼。我看了將近三分鐘，光線的速度沒增沒減，也沒有別的反應。

在等我做什麼呢？會不會是……要我選擇其中一位？但選擇他們幹麼？帶我到天堂、極樂世界，或者地獄……

也或許只是聊天？

我嘲笑自己一會兒，把手指放在河川身上。

如果真的是這樣，跟河川聊一下之後這幾個闖關故事，相信他會耐心的盤腿聆聽，或許會泡一壺老人茶，練練氣功。跟他在一起有種安心的感覺，挺好的。

死了之後，應該也只能做這些事來消磨時間吧？我苦笑。

河川的身影在小光聚集下漸漸成形，再次見到他，他氣勢依舊，雙手背在身後，黑袍上發出耀眼的光。我好像看到一位多年沒見的老友，頓時心潮澎湃，雀躍不已。

「河川！」

他點點頭，笑容中帶點同情。

「我們又見面了，小安。」

他拍拍我的肩膀。

「我很欣賞你最後的決定，雖然，也導致你沒過關。」

我一時間感到千言萬語，很難告訴河川當時的決定。在過了這三關之後，看到鍋蓋王和我媽，又到最後的雨棠，覺得虧欠他們很多，他們對我的失望又遠比我虧欠他們的多。我沒有達到一個好友、好兒子和好男朋友的最低標準。如果說有什麼遺憾，就是我沒有機會回到世上重新修補關係。

「我想知道，雨棠回到世上會記得所有的事嗎？」

「你是指剛剛的闖關？」

「嗯，或者，所有的闖關。我想知道來到這裡的人如果闖關成功，回到世上會記得這裡的一切嗎？」

河川笑了。

「很少人會。一億人當中，大概就只有一個吧！我不知道她會不會記得，但能夠肯定的是，她已經甦醒了。」

我鬆了一口氣。聽到我的選擇讓她安然回到世上，就是我的安慰獎。

河川用他沉穩的腳步圍繞著我，像是在鑑賞一座藝術品。

「沒想到兩關之後，你長大了！哈哈哈……」

他的笑聲好宏亮，就跟武俠片裡武功蓋世的老師父一樣，藏了一種看透事物、否極泰來的神祕。

「請問……我現在要到哪裡？要做什麼？」

他把前面的長袍一揮，坐在石頭上。

「你應該會有很多問題，很多疑惑。記不記得你最初看到我的時候，你的問題都圍繞在哪裡？」

我在腦裡搜尋那時的對話。畢竟闖了三關之後，要我再回頭想起我與河川第一次見面的細節，眞的要有過人的記憶。

「就是記憶。」河川說：「你應該會想知道爲什麼你會到這裡來，又是如何……」

「如何跟雨棠一起到這裡來！」我追問，「可以告訴我嗎？」

河川還是老樣子，語氣的抑揚頓挫恰到好處，舉手投足流暢，雖然總是慢半秒，但感覺起來符合大自然的定律。

「這就是爲什麼要給你金幣。萬一你沒有過關，最少有權利知道你是怎麼來到這裡的，或許……」他再次露出同情的眼神，「或許對你最後做出的選擇，會有個更好的解釋。」

河川沒打算說更多，伸出一隻手，要我牽住他。

「我現在要帶你回顧之前發生的事。但是，先讓你知道，待會的方式會令你不適應，因爲是從置身事外的角度來看這件事，就好像看新聞，看報紙，甚至看電影一樣。你會知道每一個人的想法，會知道他們經歷的事。但你是主角，也是旁觀者。」

我緩慢的點頭，在心裡重複他的話。

「懂了嗎？」河川問。

我看著他，又再重重點頭。一閉上眼，整個人都像沙子一樣散在地上。

第二十二章

那一天在經紀人趙姐的辦公室，小安整個人都在神遊。他看著窗戶，心裡明明知道趙姐很努力的在這幾個月替他做了一輩子都沒做過的人生大修路，打通八卦雜誌和媒體，用上累積幾十年的人情，但最後他卻只是默默看著趙姐說：

「謝謝趙姐，不用再做什麼了，我決定要先休息一陣子。」

要是以前，趙姐大概會跟小胖導演一樣把小安拎起來，丟進垃圾桶，再刪除他的所有資料。但那一天趙姐並沒有這麼做。她看著小安，感覺他像是一位歷經人世間酸甜苦辣的老翁，終究回歸田野。她知道他真的沒有心再跨進演藝圈。最起碼，短時間是這樣。

她送走小安，拍拍他的肩膀，關上門以後就再也沒有見過他。小安在門口聽到身後的鎖門聲，身體裡滑過一道冷水，涼涼的。

他回到自己的住所，打開門後鞋子一脫，右腳踩到一隻舊鞋子而狼狽的摔了一跤。要是是以前的小安，他應該會發脾氣，狠狠的將鞋子摔在地上或丟進垃圾桶，順便將所有的倒霉事一起發洩在鞋子上以宣示他對這個世界的不滿！但今天他沒有。他看著絆倒他的那隻鞋子……

是雨棠送給他的那一隻破鞋子。

是雨棠從鍋蓋王那裡拿來送給他的破鞋子。

是雨棠和鍋蓋王跟他在小學五年級時，看到黑皮咬著的那隻破鞋子。

謝謝黑皮，讓他在爸爸去世前與他擁有一段難以忘懷的父子時光。

謝謝鍋蓋王，要不是他的承讓，黑皮哪裡會成爲他與爸爸之間的橋梁？

也謝謝雨棠，她塡滿了他的人生，在那一段苦不堪言的日子，她和鍋蓋王就是他最親密的家人。

破鞋子勾起他好多好多美好的回憶，還有好多好多他不敢面對的事。他跪在門口，看著破鞋子，在心裡淌淚，悔不當初。他需要面對的事終於來臨了……

事業掛零，親人掛零，童年好友是個無解題，最摯愛的女友不但掛零而且根本是負數，那麼他手上到底有什麼牌，可以令他對人生的下一局有任何期待？

沒有朋友與家人，他終究是個輸家，是個負數。

突然，他腦子裡似乎有一個燈泡亮起。雖然沒有很亮，但確實引起他的注意。

如果他有機會扭轉局面，就算是以一個失敗者的身分來轉動齒輪，他願意嗎？

他起身，在客廳裡拿著鞋子走來走去，沙盤推演這個可能性。他想打給助理小魚問問旁觀者的意見，但現在小魚都不是他的助理了，怎麼問？不過他實在無路可走，還是厚著臉皮打給小魚。

小魚接起電話後，很驚訝小安在隔了四個月後跟他聯絡。

「你……還好嗎？」小魚戰戰兢兢問道。

「很好。小魚，謝謝你一直以來幫我這麼多，也對我很包容。」

沒有回應。小魚正在揣摩小安到底爲什麼打這通電話給他，還謝謝他，這種事從來沒發生過。

小安把他的想法說給小魚聽，因爲他知道小魚是個直白的人，會講出他眞正的想法。小魚聽完以後，根本沒多想，立刻回答：

「做就對了！有些事不做就來不及了，懂嗎？」

小安終於有了笑容。

「謝謝你。嘿，對了，謝謝你經常給我一些中肯的意見。抱歉，我知道我有時候會丟給你一些私人的瑣碎事，但你總是很有耐心，眞的很感激。」

小魚再次陷入沉默。其實，他心裡開始願意把小安納入自己的朋友圈。

「別這麼說啦！喂，記得告訴我結果如何喔！」

「一定！」

掛完電話，小安突然覺得自己身邊有了啦啦隊，這種感覺滿好的。

他要出發前，把鞋子用紙袋包起來，希望拿它當作一個幸運物。

第一站：家。

小時候住的家。媽媽的家。

小安的媽媽幾乎不敢相信兒子就這樣提著行李出現在門口，但她大概猜到原因。其實她一直都有關注兒子的新聞，畢竟她總共看了二十三遍兒子演的電影，還把所有關於兒子的報導都剪貼得好好的，用塑膠袋套起來，黏在本子上。她看到小安被警察抓走的新聞之後，知道他一定會很希望有個家，一個永遠的避風港歇息。

她沒說半句話，直接拿走兒子手上的行李，轉頭進門。她看小安沒跟進來，回頭向杵在原地的他吶喊：

「進來吧！我剛好煮了蘿蔔排骨湯，你喜歡的菜。」

小安把多年來藏在心裡的那些爛稀泥端出來，在餐桌上跟媽媽用蘿蔔排骨湯的暖意在舌尖上化解，還一併把之前所有的疑慮都攤在餐桌上。

原來當年小安在大學時期以爲媽媽是縱火犯，完全都是他自己一個人的想像，根本就不是她。

小安的媽媽不知道原來兒子跟她一樣，這些年所承受的壓力竟然如此強烈。她開始啜泣，承認自己沒有做到媽媽該有的堅強。前一陣子她原本要到小安得獎的會後派對，把她驚人的發現分享給解散已久的隊友兒子，她一心想要再次翻盤，討回先生當年意外死亡的公道！只是她看到兒子得獎後的意氣風發，大明星們對他稱讚有加，鎂光燈與記者們對他的恭維……她退卻了。她不要再當個自私的媽媽。如果可以，她希望小安不要跟她一樣成爲無法自拔的受害者，不要變回那個打鼓鳴冤、憤恨嫉俗的可憐人。她要小安擁有新的生活，有把酒言歡的朋友，有一展長才的事業。一切美好的事物，小安都應該擁有！因爲他是她的兒子，這就是她唯一的心願。

小安哭了。好險，好險蘿蔔排骨湯很燙，他可以從座位上跳起來去拿一杯水，因爲他很不習慣跟媽媽說眞心話，不知道怎麼應付對媽媽的感動。當然，在他心目中眼前的婦人要從一個縱火犯跳到一個始終爲他著想的媽媽，也實在需要時間平衡。

拿完水，他回到座位上，決定不再逃避自己的感動。這次回來的目的，不就是爲了跟媽媽和解，再給他們母子倆一次機會？如果化解需要眼淚和衛生紙，那麼就讓眼淚乾了吧！那一晚，他們母子倆徹夜暢談，聊了好多這些年互相缺席的事。有好的，有壞的，有好笑的，有可悲的。但好的比壞的多，美好的比可憐的多，因爲最後他們的話題都圍繞在爸爸身上。

小安告訴媽媽，爸爸生前那些與黑皮的日子，那些對樹木的熱愛和感情，令媽媽聽得入神。她好像不小心鑽到另一個世界，重新認識她死去的先生。那幾天，他們把爸爸所有放在箱子和文件夾裡的照片和木材的筆記統統翻出來，一個個研究，一張張回憶，重新溫習來不及了解的爸爸那一面。小安還帶媽媽到山上去清除小花蔓澤蘭，希望把爸爸愛護大自然的精神，活生生在他們母子間重現。

那一天清晨，小安在山上扶著媽媽，放眼望著樹林與日出。他們嘴裡吐出剛出爐的新鮮空氣，兩人決定未來都用欣賞大自然來思念爸爸。

第二站。當年的好友。鍋蓋王。

小安上臉書搜尋「梁雨翔」這個名字，一個個檢查，但都沒有符合的人選。他原本也猜到鍋蓋王應該不會在網路上留下任何行蹤，所以要靠臉書找回好友根本就是不可能的任務。於是，他再度拿起手機，打給他的最新好友：小魚。

沒想到小魚果然是個辦事通，專門找人和充當啦啦隊。

「找到了。」

「眞的？小魚你太強了！怎麼找到的？」

「剛好我朋友是他以前打籃球時的粉絲團團長，他們偶爾有聯絡。」

「他現在在哪裡？」

「猜猜看。」

「地球。」

「廢話。哎，不過以前那個宋宥安回來了，恭喜。」

「感謝。我好多了，多虧你的鼓勵，我跟我媽媽好很多了。」

「眞的假的？我就說嘛！」

「好啦，趕快，他在哪裡？」

「他一年前從美國回到臺灣，現在正在籌備一個非營利機構，在做什麼我朋友就不清楚了。」

小魚把鍋蓋王臉書的連結傳給小安，要他自己試著用臉書聯絡鍋蓋王。

「畢竟我那個朋友也不好意思把鍋蓋王的電話就這樣交給你。」

小安想想也對。他看著鍋蓋王臉書的連結，有種說不出的緊張和興奮。他如果就這樣聯絡鍋蓋王，鍋蓋王會不會直接封鎖他？鍋蓋王肯定知道他和雨棠的風風雨雨和最近才發生的事情，難道他會願意再跟一個跟蹤自己妹妹，和躲在衣櫥裡監視她的怪男人當朋友？

小安心涼了一半，說：「我不敢聯絡他。」

「爲什麼？拜託大哥，我找了很久耶。」

「哪有很久，才一天而已。」

「先生，一天有二十四小時。」

「喔，對。你找了二十四小時？」

「有十五小時在到處聯絡打聽消息，有五個小時用來請這個有他電話的人吃飯，還得陪她聊天，沒辦法，總要聊表一下心意啊！」

「對吼。謝謝你小魚。從以前到現在，你一直在幫我張羅這些瑣碎的鳥事。」

「所以啊，你一定要聯絡他啦！我跟你說，如果你不主動找他，你手機上永遠都有他的連結，你會一直有一個疙瘩，像一隻蟑螂住在你手機一樣，這種感覺很差。」

小安覺得很有道理，尤其是有蟑螂住在手機裡這套理論。

吃過晚飯，小安回到自己房間，拿出電腦。他按下連結，心跳聲如雷貫耳，他相信樓下媽媽肯定也聽得到，搞不好連鄰居都聽得到。

臉書上顯示一個人的名字，叫做雨羊羽。雨羊羽就是雨翔分開來的寫法，小安笑了，難怪他一直找不到鍋蓋王！鍋蓋王的大頭照是一個被太陽日晒的長影子，他一手插腰，一手拿著籃球。小安馬上認出來，完全就是鍋蓋王的英姿。

他心裡瞬間充滿火花，好像這些年來鍋蓋王從來沒有離開過自己的生命。

他傳出第一封私訊。光是第一句話，他就來來回回修改了幾百遍，直到過了將近一個多小時，他才送出去。

嘿，雨翔，好久沒聯絡，我是小安。這樣突然跟你聯絡，你會不會感到奇怪？我只是想念我們之間的友誼，心想總有一天要跟你聯絡，也有千萬個對不起想要跟你說：對不起，我沒有在你最需要的時候挺身而出，沒有爲你伸出拳頭，沒有爲你仗義執言……我是個不及格的朋友。你願意原諒我嗎？我知道總有一天必須把我的歉意傳達給你，擇期不如撞日，就這樣寫給你了。如果你不方便跟我聯絡也ＯＫ，我完全理解。祝你一切都順利。

有一件事令小安自己都沒想到，就是他送出去以後，居然情不自禁的哽咽。他想念他的朋友，也開始自責爲何這幾年居然就這樣讓一個善良又有正義感的超級好友從身邊溜走，狠心的讓他獨自面對巨大挑戰？

沒想到不到五分鐘，淚都來不及流，他立刻收到對方的回應。

鍋蓋王的回應令小安不得不舉起袖口擦掉眼眶快滴出來的淚水。鍋蓋王就是鍋蓋王，依舊像個大哥，不但很高興收到他的問候，還打開話匣子道出這幾年來發生的事。他提到自己獨自一人在美國的經歷，家裡爸媽差點離婚的悲劇，所幸後來爸爸回頭是岸，看來人生不到最後一秒，都不能拍板定案。

當然，他也聊到小安與他妹妹之間的事。

原來鍋蓋王到美國上大學之後，選擇攻讀運動心理學，重新開啟他對籃球的認識。以往的他就只是鑽研比賽中如何拔得勝利，但選手的內心世界才是眞正的戰場！之後他曾經爲紐約尼克籃球隊的成員上過課，也替幾個有名的網球選手訓練他們運用思維贏得勝利。

鍋蓋王說，運動員的勝利不在球場，而是在生涯的規畫；人生的勝利不在事業上，而是懂得與自己和平相處。

小安無奈的說，自己輸得很澈底，很慘烈。

鍋蓋王立刻用他的陽光照亮小安：

沒關係，會再彈回來的！因爲我們都是九又四分之三月臺的成員。

好久沒有被這樣激勵。還沒打完感謝的話，小安看到訊息窗口上面顯示著「輸入中……」，然後蹦出一行老天爺親自幫他插隊的人生大轉彎：

過兩天就是我創立的機構開幕的日子，你要不要過來？你可以帶你媽媽一起，好久沒見到她了！聽到你剛剛提到你們現在的狀況，眞的很高興！你來了以後我們可以好好聊聊，然後一起跟雨棠到月臺，就跟以前一樣。

小安苦笑，難道鍋蓋王天眞的以爲雨棠會願意見他嗎？

沒想到鍋蓋王的「輸入中……」繼續出現。

放心，其實雨棠還是很關心你。她現在就在我旁邊。她要我跟你說，她很希望等你平靜下來之後，我們三個好好到月臺聊天，就跟以前一樣。我們都很想念那段日子，想念我們三人的友情。

小安邊哽咽邊笑，雙手激動抓著頭髮。

他何嘗不也一樣？

那一晚，他們聊了整整五個多小時，好像他們的友情這些年來從未被切斷，從未有過灼傷，只有補不完的故事和浩劫過後的知足與珍惜。

到了開幕典禮那一天，小安在媽媽陪同下一起前往。那一天小安開車，媽媽在旁邊跟他聊天。

「好久沒見到雨翔了。所以，他開的是什麼公司啊？我只帶了一盆發財樹，會不會不合適啊？」

小安轉動方向盤，往右彎。

「不會啊！非常合適，發財樹大家都愛。他說他和朋友一起組成一個團隊，專門要幫助有運動天分的弱勢青少年。」

小安一講完，突然感到一陣驕傲。他有這樣的朋友，是他的榮幸。鍋蓋王用自己的經歷來爲其他正陷入類似掙扎的青少年度過難關，這就是他認識的鍋蓋王，完全就是他會做的事。

「他有問我，要不要加入他的團隊。」

小安的媽媽眼睛亮起來。

「那……你要在他團隊裡做什麼呢？」

「一樣啊，也是爲青少年輔導。他覺得我的經歷，包括爸爸去世，還有得到金馬獎然後又被打入冷宮這種事蹟，實在百年難得一見，不把心得分享出去就太可惜了。」

一說完，小安看著媽媽，兩人都露出微笑。

只是此時小安開始意會到自己迷路，而且處在一個鳥不生蛋的地方。這附近道路崎嶇，坡度大到要踩住煞車行駛，他只好邊慢慢開車邊拿起手機。偏偏他又沒有鍋蓋王的電話，只好傳訊息告訴他自己迷了路。鍋蓋王馬上就回了訊息，說他和雨棠現在開車出來與他碰頭，因爲他的公司很偏僻，附近也沒有標示，乾脆開車出來「接駕」。

小安笑了笑，掛掉電話。

不到十五分鐘，小安看到雨棠的車從對面的山坡下來。小安看到她，馬上踩下油門準備衝下坡，好讓他們可以在中間點相遇。他心急又興奮，很想快點見到這兩位在自己生命中占據重要位置的朋友，哪怕只快個兩秒，都值回票價！

他再也不想浪費任何時間後悔，再也不要活在罪惡感當中。

但意想不到的事，總是在一剎那發生。

他一衝下坡，立刻就有一輛腳踏車從左方衝進主要道路，這個人根本沒看到小安的車，也完全沒有注意到另一頭雨棠的車。

小安的媽媽看著前方大叫。

小安使出全身所有的蠻力踩煞車，輪胎和地面的摩擦聲發出慘叫。

而且是雙倍的輪胎慘叫。

對面的雨棠立即煞車，車頭開始胡亂攢動，三百六十度打滑。

小安也抓不牢方向盤，任由它胡亂打轉。這兩部車像兩頭狂暴的野牛，車子下滑速度之快，只能怪地心引力不留情。

到了坡底，兩頭野牛終於相撞，碰撞的狀態慘不忍睹。

不知道過了多久，救護車才伴隨警笛的呼嘯抵達現場。

第二十三章

我終於明白了。

第一關的對手，是鍋蓋王。

第二關的對手，是媽媽。

第三關的對手，是雨棠。

我們一起陷入了昏迷，都在彌補過去的千金難買早知道。

活在世上的最後一秒，我的身體與他們擦肩而過。我親眼看見媽媽的臉被安全氣囊撞擊，也看到鍋蓋王用手肘遮住他的臉，還看到沒有繫上安全帶的雨棠衝破玻璃，直接往我面前飛來。

這一切都在幾秒鐘內慢動作上映。

如果這是河川的刻意安排，我相信他是要我利用這個機會，再一次好好看著他們，最後一次與他們道別。

再見了，媽。我很慶幸在我走之前，跟你聊了好多爸爸的事。我很高興你終於看到了爸爸的另一面，也很安慰你也選擇愛上他對大自然的熱愛。

再見了，鍋蓋王。我很感謝在我走之前，知道你沒有因爲身體不聽話而選擇失落，你選擇了光明、樂觀和分享。謝謝你對我無私的友誼，你是我一生中最好的朋友。

再見了，雨棠。很抱歉帶給你的痛苦和困擾。我希望你睜開眼睛以後，擁有加倍的幸福，不要再爲另一個人傷透腦筋，而是盡情享受呵護與被愛。因爲你是這麼的美好，這麼的獨特，我的米老鼠。

有人曾經說過，生命的最後幾秒會有好多畫面閃過眼前，我可以在此證明——根本沒有這回事。我只看到雨棠的身體像一條美人魚，用最緩慢、最優雅的速度奔向我，好像她知道這是必然會發生的事。她在這時空交錯的幾秒鐘，硬把身子往前翻，似乎就是要看著我。

當時發生車禍的時候，她也是這樣嗎？我懷疑。

接著我看到她離開原本保護頭顱的姿勢，將右手伸到口袋。

有什麼人會在身體被彈出車位時，把手伸到口袋的？

她用最大的力量拿出一樣東西，再使出相反的力道把那東西丟到我面前。

我看著她，發現她也在看著我……

是半枚金幣！

還來不及搞清楚發生了什麼事，我的眼前一片漆黑，身體像被幾千萬隻螞蟻爬過，全身炙熱發癢，好像有幾千萬顆豆子發芽，正從毛細孔裡長出頭髮和汗腺。

然後我又回到原本的樣子。

我看看自己的雙腳和雙手，半枚金幣還我在手裡。我找不到河川，沒有人解釋剛剛發生的奇怪景象。爲什麼雨棠會在我的記憶中給我這個金幣？她是當時的雨棠，還是闖完關回到記憶裡的雨棠？

有千萬個問題，居然沒有人回答！

我張開手，看著手上的半枚金幣，跟第三關雨棠給我的半枚金幣有點像。我馬上從口袋拿出之前的那半枚，將兩片合成一片，果然是同一枚金幣！才合上不到一秒，立刻有一道光，出現在那顆大石頭上。

很明顯的，它要我把金幣投進去。

我把這枚金幣往那一道裂痕投進，發現四周不再是懸崖，而是一片漆黑，耳邊傳來熟悉又溫柔的語音，她直喊：「小安小安，你起來了嗎？」

一張開眼，朦朧中晃動著好多身影，鼻子裡是濃濃的藥味，我感覺自己的兩隻手都被人緊握著。

第二十四章

火林：「爲什麼會這樣？」

烏雲光：「我也難得碰到這種事！上一回碰到這樣的異狀，大概是幾百年前的事了。」

火林：「你是說……這是有可能發生的？記憶中可以遇到已經闖關成功的對手？」

烏雲光：「嗯，有可能。如果她記得的話。」

河川：「月下飛天鏡，雲生結海樓，仍憐故鄉水，萬里送行舟。沒想到我送了他最後一程。」

烏雲光：「河川，難怪小安一直說你是氣功師父。」

火林：「哈哈哈哈……」

烏雲光：「你別笑！他說你自稱爲老師。」

火林：「本來就是啊！」

河川：「小安在記憶裡碰到了闖關成功的雨棠，而恰巧雨棠是一億人當中，難得一見在甦醒後會記得闖關的人。」

烏雲光：「而且她是拿著半枚金幣的人。」

火林：「金幣爲什麼可以幫另一個人甦醒？」

烏雲光：「只要拿到對手贈送的金幣，就可以無條件甦醒。這是遊戲裡最難達成、卻也最容易成功闖關的方式。」

火林：「喔，我了解，因爲沒有人會願意把金幣送給自己的對手。」

烏雲光：「沒錯。雨棠比小安更早來到武器行，她拿到了金幣祕笈，很自然的對金幣的作用瞭如指掌，完全知道如何運用。」

河川：「而她醒來後，又因記得闖關的細節，所以一旦有人在另一個時空裡迴轉她曾經在場的記憶，她都會在現實中被干擾，稱之爲……」

火林：「故障！她會不小心進到記憶裡，但只是幾秒的時間。然後她趕緊趁機把現實中變成石頭的半枚金幣給小安，讓小安在記憶中來個大逆轉。哇，眞的太驚險了！我當老師這麼久，從沒有碰過這種情況！」

烏雲光：「守護者，親愛的，是守護者。」

火林：「好啦，守護者老師，這樣總可以吧？不過眞的沒想到，小安選擇自己戰敗，好讓雨棠甦醒，而雨棠一旦發現對手是小安，就把金幣送給他……太完美了！」

烏雲光：「我想，他們兩個人的情誼眞不是三言兩語可以釐清的。這眞是百年難得一見的闖關經歷。」

河川：「完美也好，百年難得一見也好，經歷了重重關卡，我眞的希望小安會更珍惜眼前的好友與家人，對未來做出對的選擇。好不容易撿回一條命，他必須要好好呵護，細心維護。」

烏雲光：「他會的。他是個長大的好孩子，他會的。」

作者訪談

●這個故事是如何構思出來的？

這眞是一段走了將近十幾年的路，說來話長啊（搬出凳子和老人茶，點上蚊香）！對我來說，一個故事的完成就好像一串珠珠手環，先有了一顆珠珠、兩顆珠珠，然後慢慢撿到三顆珠珠、四顆珠珠……漸漸串成一條手環，成爲一個完整的故事。每一顆珠珠都有它的來由、出處，尤其一本超過十萬字的小說，眞的會有說不完的珠珠。不過好險我的手環不但有小珠珠，還有幾顆比較大的水晶來做裝飾，所以容我把水晶說出來就好，不然老人茶喝完可能晚上要睡不著了。

第一顆水晶：

大概十多年以前，當時我已經在寫書了，只是一直在找下一本書的靈感。我姊姊本身也很愛看小說（她啟發了我小時候喜歡看亞森羅蘋和漫畫的興趣），有一天她突發異想，給我一個故事的框架：一個小男生因車禍陷入昏迷，需要闖關才能甦醒，而闖關的內容，就是回到從前，重新做出正確的選擇。

就這樣。當時我覺得很有趣、很有哏，只是沒有再繼續串珠。

第二顆水晶：

十多年後，我已經出了幾本書，依舊在找尋下一本靈感（身爲作者永生的課題啊）。有一天，我跟幾位好久沒見的國中同學約出來見面，自從國中畢業以後，就幾乎沒有再見過他們了！我們在餐廳聊啊聊，口沫橫飛，這種國中聚會總是會碰觸到當年誰功課最好？誰都在混？誰考上哪間高中？誰做過什麼蠢事？誰對抗過哪一個老師？現在在做什麼工作？有幾個小孩？之類的下酒菜話題。

突然間，坐在我對面的老同學落下一句話：

當年，我們全班集體霸凌4號。

什麼？我記得他們說的4號同學，她的確是個被孤立的人。

但是我怎麼可能霸凌她？拜託，我雖然功課不怎麼樣，但我品行還算善良，哪可能霸凌人？

後來經過她的敘述，我的頭越來越低。

「難道每一次她經過我們一群人正在聊天的時候，她想要加入，你都沒有閃開？」

「難道每一次我們投票選隊友的時候，你都沒有故意不選她？」
「難道她每一次想要主動跟你說話時，你都沒有刻意結束話題？」
天啊，我們全班都在霸凌她！包括我。一個自以爲善良沒心機的人。
那天回家以後，我做了一件很難解釋的事：我上臉書搜尋她的名字。每一個跟她一樣的名字我都按下去，研究一番，然後落寞回到下一個同樣名字的人。
我一直沒有找到她。
我希望看到她過得不錯，起碼有幾張洋溢笑容的照片——或許在公司拿到什麼獎的愛現照，也可以是個喜歡晒小孩的媽媽，不然可以是個很多朋友的社交咖。什麼都好，就是希望看到她過得不錯。
因爲她過得不錯，表示我們當年的舉動沒有對她造成太大的傷害。
目前爲止我還沒有找到她。
但自此以後，我們腦海經常出現一個假設性的問題⋯⋯
如果再重新來過，我會不會挺身而出，試著去認識她？
更精準的問題應該是：
如果再重新來過，我有沒有勇氣在九十九%的人都孤立她的情況下，跟她做朋友？

於是，這個「如果有機會重新來過」的水晶，再串上第一顆來自姊姊的水晶，構成了這個故事的開端。

人生會有數不盡的「如果可以重來」，但偏偏我們就是沒有機會重來。如果眞的可以重來，你會不會有勇氣做出另一個決定？

更重要的是，你會知道什麼才是對的決定嗎？

這個故事不停的在探討這樣的問題。藉著守護者的帶領，讓闖關者看到另一面的故事，最後會發現，原來在我們不經意做出決定的另一面，我們忽略了另一邊很可能正在承受的悲傷和苦悶。

●雨棠最後原諒小安了嗎？他們的結局是什麼？

其實說老實話，我也不大清楚，因爲跟他們沒聯絡……哈哈哈！

但我相信雨棠會原諒小安。

有一部電影叫做《時空旅人之妻》，裡面有一段很經典的對話。

男主角（就是可以穿越時空的人）有一回跟太太在吵架時，告訴太太其實可以選擇不愛上他，就不會因著他時常無預警消失到別的時空，而讓她活得這麼痛苦。

他的太太生氣的回答：「你在我童年的時候就穿越時光來找我，我根本沒有選擇！」對雨棠和小安來說，這應該也是一件無法選擇的事。

他們兩個人的生命有太多的交叉點，又共同經歷過人生的坑坑洞洞。如果當初他們不住在附近，如果當初他們不上同一所學校，如果他們當初不在九又四分之三月臺見到面，如果她的哥哥不是那麼剛好就是他的同班同學，又如果當初他爸爸沒有意外死亡、她爸爸沒有外遇，或許兩個人的感情不會這麼深刻，要各走各路也不會這麼困難。但就是因爲有太多太多一起取暖、補洞，中間種種家庭事件留下的痕跡，讓這些元素成爲雨棠願意——或者說必須——原諒他的理由吧？

我是這麼覺得。一段起源自童年的友情昇華到戀人，是一種幸福，但也有可能變成一種負擔。我始終認爲這段源自童年的友情，終究會找到一條路來讓對方依舊存活在自己的生命中。

●最想成為書裡的哪一位守護者？

河川無誤！

我不一定希望變成他，但我會很希望有他這樣的朋友。

河川、火林、烏雲光其實在某一個程度上，象徵的是朋友、愛情和親情。烏雲光永遠都像一個母親般的給予愛，而火林就像一個強勢要你正視人生破裂傷口的伴侶，好讓你重新面對感情和關係，至於河川，很自然的，他就是那個你人生中應該要有卻永遠遇不到的好朋友。

親情和愛情都因包覆了「愛」，以至於我們就算做出許多噴飯和令人冒出三條線的行爲，都會被家人和情人給模糊化，也就是所謂的「原諒」。那是因爲他們愛你，所以願意包容。

但朋友沒有如此濃厚的元素。

我想人生之所以很難碰到一個像河川這樣既有智慧，又有耐心和寬容心的朋友，是因爲朋友不會擁有像親人般的寬懷，願意給予和無限付出。

而如果有朋友願意花上好幾天的時間，帶著一顆無私的心來開導你以往做錯的事，請一定要好好珍惜，而不是只有在臉書按讚！要約出來好好聊天，好好分享，好好感謝，不只是想辦法維持，而是要絞盡腦汁、一生懸命來捍衛這段難能可貴的友情。

然後要謝天謝地祖上積德，居然被你碰到河川，讓身爲作者的我很羨慕！哈哈。

●寫奇幻故事最大的挑戰？和過去創作經驗有何不同？

我想比較大的挑戰，是在於「形容」這件事上面。

在寫一般的故事時，很多事情不大需要解釋。例如「我在馬路上等車」，我不需要解釋什麼是馬路，更不用告訴讀者什麼叫做「車」。

但奇幻故事因爲有許多的背景和場地，甚至人物，都不在我們周遭的認知內。例如「這裡沒有太陽，沒有月亮，勉強一道暈黃的光線，伸手不見五指」。因爲沒有人去過這個地方，這是個奇幻的世界，所以就儘量鉅細靡遺的來形容，讓讀者的腦海浮現這幅影像，才會有眞實感。

最大的不同（也是最過癮的不同），當然就是我可以隨意的創造這個奇幻世界裡的規矩，而且任由我的想像力行走。直的走ＯＫ，橫的走也行，不需要負任何責任（糟糕，聽起來好像獨裁者）。但很奇妙的是，寫奇幻小說時，反而會不由自主的對眞實世界負責任，甚至比寫一般小說更爲強烈。

如果讀過《飢餓遊戲》、《分歧者》、《哈利波特》或《波西傑克森》的讀者可能會不小心發現，在這些奇幻的世界裡，正邪對立很明顯，人類的道德觀、對與錯是故事的主軸，主角們最終爲了人類的自由與眞善美，願意鋌而走險，背水一戰！

世界上很多很難解釋和看不到的糾結，在奇幻故事裡是可以得到答案的。也因為如此，對於創造出這個有著守護者世界的我來說，「如果有機會重來，我會選擇對的方式」的觀念和價值觀是很重要的。

總結來說，寫奇幻故事讓我不自覺對於社會道德的責任感滿格、破表。我自己挺喜歡這種正義感的！

● 書中不斷提到「如果可以重來」，如果可以回到過去，最想做什麼？

如果沒有設限幾次，我真的希望所有的事都重來啊！

有幾件事可以分享：

1. 堅持自己有熱情的科系，不要隨波逐流。因為到頭來，熱情終究還是會在某處呼喊著你，向你揮手。

2. 不要花太多時間在處理不和諧的感情上。人生有太多值得花更多時間的事，而且，如果需要太多時間處理，那就不是一段值得留住的感情。重點還是要處理自己，讓自己有鳥瞰的視角，看事情的角度會更廣闊，而非拘泥在地下室那個修不好的破角落中。

3. 大學畢業後，不要停在同一個工作崗位上太久。雖然安逸也不錯，但很可能會錯失了年輕該面對的不安逸。不安逸＝突破

4. 下手買蘋果和臉書的股票，不要懷疑！

5. 跟4號聊天，哪怕幾句都好。

千金難買早知道，這些都是千金買不到的早知道。但我也相信，就算我們曾經在年少輕狂時選擇錯誤，每個人天生就會獲得一個默認的present（禮物），叫做「present」（現在）。只要有現在，任何事情都有轉機。

我也還在尋找4號，所以我也還有轉機扳回以前錯誤的決定。希望你也是！

少年天下系列 051

記憶邊境：河川・火林・烏雲光

作　　者｜郭瀞婷

責任編輯｜李幼婷
封面插畫｜南君
封面設計｜蕭旭芳
內頁排版｜極翔企業有限公司
行銷企劃｜葉怡伶

發行人｜殷允芃
創辦人兼執行長｜何琦瑜
副總經理｜林彥傑
總監｜林欣靜
版權專員｜何晨瑋、黃微真

出版者｜親子天下股份有限公司
地址｜台北市 104 建國北路一段 96 號 4 樓
電話｜（02）2509-2800　傳真｜（02）2509-2462
網址｜www.parenting.com.tw
讀者服務專線｜（02）2662-0332　週一～週五：09:00~17:30
讀者服務傳真｜（02）2662-6048
客服信箱｜bill@cw.com.tw

法律顧問｜台英國際商務法律事務所・羅明通律師
製版印刷｜中原造像股份有限公司
總經銷｜大和圖書有限公司　電話：（02）8990-2588

出版日期｜2019 年 7 月第一版第一次印行
　　　　　2021 年 6 月第一版第二次印行
定　　價｜320 元
書　　號｜BKKNF051P
I S B N ｜978-957-503-451-1（平裝）

訂購服務
親子天下 Shopping ｜ shopping.parenting.com.tw
海外・大量訂購｜parenting@cw.com.tw
書香花園｜台北市建國北路二段 6 巷 11 號　電話（02）2506-1635
劃撥帳號｜50331356 親子天下股份有限公司

國家圖書館出版品預行編目資料

記憶邊境：河川・火林・烏雲光 / 郭瀞婷文.
-- 第一版. -- 臺北市 : 親子天下, 2019.07
328 面 ; 14.8x21公分. -- (少年天下系列 ; 51)
ISBN 978-957-503-451-1 (平裝)

863.59　　108009701